CRIMES

HISTOIRES VRAIES

L'AFFAIRE TROADEC

& 5 AUTRES
GRANDES HISTOIRES CRIMINELLES

DARK IMPULSE

Ce livre s'inscrit dans une démarche écoresponsable. Il est composé de matériaux issus de forêts bien gérées, certifiées PEFC et d'autres sources contrôlées. Cette certification garantit une empreinte carbone réduite et une gestion raisonnée de la forêt, qui maintient la biodiversité et protège les écosystèmes. Il est imprimé avec des encres à base d'huile végétale.

Illustrations : Romane Mendes

Ouvrage réalisé en collaboration avec Studio Minuit,
une filiale de Nouvelles Écoutes.

Président de Nouvelles Écoutes : Julien Neuville

57, rue Gaston-Tessier – 75019 Paris

ISBN 978-2-38382-710-8
Dépôt légal : mai 2025
N° d'édition : 25L0705
Achevé d'imprimer par Rotolito SPA en Italie, en avril 2025.

www.editions365.eu
Média Diffusion • Distribution MDS

ÉDITO

Plongez au cœur des affaires criminelles qui ont marqué la France, et qui restent, pour certaines, des énigmes...

Parmi celles-ci, l'affaire Troadec. Compte tenu de la quantité d'affaires criminelles non élucidées en France, la justice a décidé, en 2022, de créer un pôle judiciaire dédié à Nanterre : le Pôle des crimes sériels ou non élucidés (PCSNE). Il représente une véritable avancée, et permettra très certainement d'accéder à la vérité dans certaines affaires criminelles, de lever le mystère sur certains *cold cases*.

Dans cet océan de doutes, une seule chose est certaine, les mobiles criminels sont souvent les mêmes : la vengeance, la colère, la cupidité, la haine, la folie, la jalousie… Chaque affaire révèle la part sombre d'une âme, d'une famille, d'une vie, d'un territoire. Lire et écouter ces récits, c'est se replonger dans l'intimité crue d'une vie, découvrir des secrets, des drames, des conflits, souvent insoupçonnables, comprendre une époque et les interactions entre les êtres qui y vivent.

Avec plus d'un million d'écoutes mensuelles, *Crimes • Histoires Vraies* est le podcast de référence pour vous raconter toutes les plus grandes affaires criminelles. Nous revenons sur les faits, leur contexte, l'enquête, les différentes pistes suivies, et enfin le procès.

Tous les podcasts des affaires sont disponibles sur le site Internet de Studio Minuit (podcasts.studiominuit.com/fr) et sur toutes les plateformes d'écoute gratuite ou de streaming (Apple Podcast, Spotify, Deezer, etc.). Grâce aux QR codes placés sur chaque ouverture de chapitre, vous pouvez écouter les podcasts de chacune de ces affaires criminelles… pour prolonger le plaisir et les frissons qui vont avec…

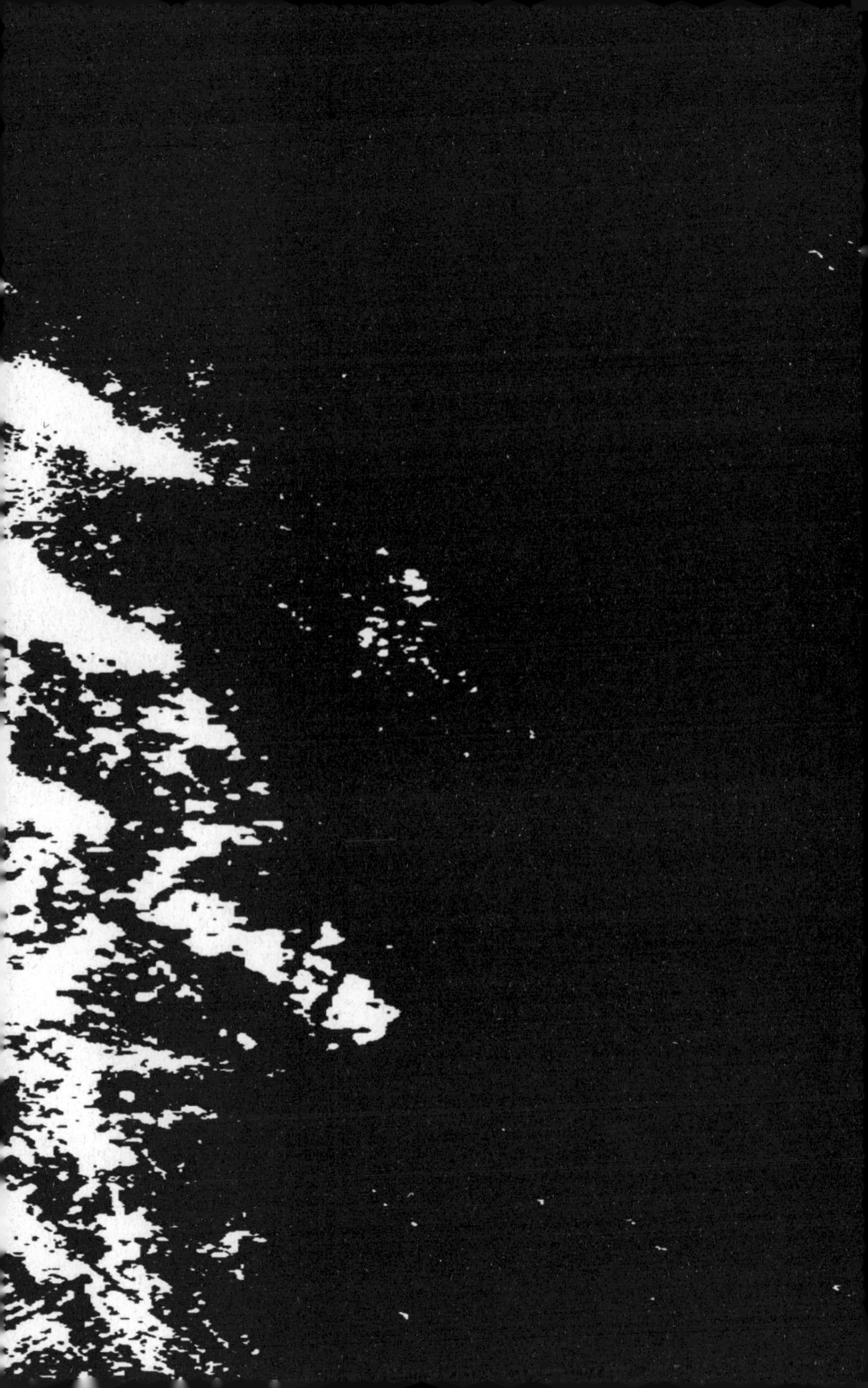

SOMMAIRE

6
L'AFFAIRE TROADEC
2017, ORVAULT

30
LES SŒURS PAPIN
1933, LE MANS

48
L'ENLÈVEMENT D'ÉRIC PEUGEOT
1960, SAINT-CLOUD

72
LA MORT MYSTÉRIEUSE DE ROBERT BOULIN
1979, RAMBOUILLET

88
L'AFFAIRE GODARD
1999, SAINT-MALO

102
JEAN-LUC CAYEZ, LE CONCIERGE ASSASSIN
2005, RÉGION PARISIENNE

01

L'AFFAIRE TROADEC

2017, ORVAULT

À l'origine de cette affaire, puisqu'il faut bien commencer quelque part, il y a cette drôle de légende, murmurée dans les rues de Brest. À l'aune de la Seconde Guerre mondiale, la Banque de France avait pris la décision d'évacuer ses réserves en or, affolée par les accords de Munich et leurs mauvais présages. Deux mille huit cents tonnes de lingots et pièces stockées à Paris ont transité en urgence, par wagons et camions, vers les villes portuaires bordant l'Atlantique. De là, le trésor national s'est dispersé sur des cargos, réfugié chez les pays alliés. On raconte qu'à Brest, réquisitionnée durant l'exfiltration, une caisse serait accidentellement tombée dans la rade du port…

01
AVANT-GOÛT

50 kilos d'or, 20 millions d'anciens francs furent engloutis et déplorés lors de l'inventaire des comptes, dressé à la Libération. La Banque de France a diligenté une enquête, fouillé pendant six mois mais, à ce jour encore, personne n'a vu la couleur du butin. Cela n'empêche pas les Brestois de commérer, soupçonner un tel d'avoir mis la main dessus, un autre d'en planquer une part au fond de son jardin, sous les combles, dans la doublure de son matelas… La rumeur, tenace, va traverser les âges, attiser les tensions, déchirer des familles, en anéantir d'autres.

Au soir du 23 février 2017, des policiers rallient Orvault, petite commune de 25 000 habitants au nord de Nantes. Dans le quartier résidentiel du Petit-Chantilly, au 24, rue d'Auteuil, se dresse un pavillon blanc des années 1960, volets et portes fermés, jardin bien entretenu : bienvenue chez les Troadec, un couple et ses deux enfants, volatilisés depuis bientôt une semaine. L'alerte a été donnée quatre jours plus tôt, le 20 février, par l'employeur du père, Pascal, 49 ans, électricien et câbleur chez Visotec Arlux, PME spécialisée dans les enseignes lumineuses. Absent du matin au soir, il n'a donné aucune nouvelle; pas dans ses habitudes. Dix ans de bons et loyaux services, rarement malade, jamais en retard : la vie de Pascal Troadec se règle comme du papier à musique. Le 23 février donc, les sœurs de Brigitte, la mère, se manifestent aussi. Elles vivent dans le Finistère, à 250 kilomètres, trompent la distance avec des coups de téléphone réguliers et s'inquiètent de systématiquement buter sur les répondeurs. Le commissariat de Nantes écoute, reçoit, relativise d'abord, suggère des vacances impromptues, une petite grippe, un imprévu, des impayés, une fuite… Non, non et non, les proches insistent : ils n'avaient aucune dette à rembourser et, du reste, ils auraient appelé, ils auraient prévenu.

Sur place, un pompier brise un carreau, se glisse dans la maison, déverrouille la porte d'entrée et ouvre la voie à ses confrères policiers. Aucune découverte macabre ne les attend, au contraire ; rien ne dépasse chez les Troadec, tout semble tranquille, trop tranquille. Comme si le temps s'était suspendu, comme si la vie s'était momentanément arrêtée. Au rez-de-chaussée, les lits dans les chambres des enfants ont été défaits, les draps sèchent dans la buanderie, à côté du lave-linge. Sur la table de la cuisine, un cake aux fruits attend le petit-déjeuner, une cafetière ne demande qu'à chauffer ; des précautions que l'on prend avant de se coucher. Le frigo déborde, les dates de péremption des produits frais dissuadent de tout grignotage, des sushis notamment, achetés il y a huit jours, intacts. Il faut ouvrir l'œil pour distinguer l'anomalie : les brosses à dents manquent à l'appel dans la salle de bains, voilà un indice, un départ volontaire peut-être. Sauf que dehors, les deux voitures n'ont pas bougé d'un pouce, stationnent sagement le long du trottoir. Il y a plus concret, mieux caché : sous un tas de linge sale, du sang séché sur l'écran du portable du fils aîné, Sébastien. La police scientifique s'invite, bonjour, illumine le pavillon de leur luminol, ou Bluestar, et révèle d'autres traces sur la rampe de l'escalier, sur les marches, sur un meuble.

Justice, médias et proches n'ont qu'un souhait : que les destins des deux familles prennent des chemins différents, que les Troadec soient encore en vie, quelque part.

Au soir du 23 février 2017, le procureur de la République de Nantes, Pierre Sennès, ouvre une information pour enlèvement, séquestration suivie de meurtre. Il n'aura guère le temps de communiquer lui-même ;

“

LA RUMEUR, TENACE,
VA TRAVERSER LES ÂGES,
ATTISER LES TENSIONS,
DÉCHIRER DES FAMILLES,
EN ANÉANTIR D’AUTRES.

”

dès le lendemain, ça fuite, un texto mystérieux et laconique rebondit de *Ouest-France* à l'AFP en passant par *Presse Océan* : « Orvault, une famille qui disparaît, du sang dans la maison. » En quelques heures, les premiers journalistes débarquent, scrutent les façades à la recherche des scellés judiciaires ornant le domicile des Troadec.

En Loire-Atlantique, les prémices de cette affaire résonnent, en convoquent une autre survenue en 2011. À seulement 4 kilomètres d'ici, au numéro 55 du boulevard Robert-Schuman, à Nantes, vivaient les Dupont de Ligonnès. Eux aussi s'étaient évaporés en un claquement de doigts jusqu'à ce que l'on retrouve, enfouis sous la terrasse, les corps de la mère, de ses quatre enfants et des deux labradors. Seul le père, Xavier, demeurait introuvable – il l'est toujours, d'ailleurs. Justice, médias et proches n'ont qu'un souhait : que les destins des deux familles prennent des chemins différents, que les Troadec soient encore en vie, quelque part. À Orvault, le voisinage décrit la famille typique, discrète, sans histoire. Pascal, c'est le père taiseux, l'ours mal léché ; autour de lui gravitent les siens, son Audi, sa place de parking et au diable le reste. Plus commode, mère poule, Brigitte, dont les mutations ont toujours régi le quotidien de sa tribu, travaille à la direction générale des Finances publiques. Elle aime chiner dans les brocantes, elle aime cuisiner, elle aime être entourée de son mari et de ses deux enfants. Charlotte, la cadette, 18 ans, a quitté le cocon familial depuis la rentrée de septembre. Installée en Vendée dans son modeste studio, elle goûte à l'indépendance, suit un BTS services et prestations des secteurs sanitaire et social. Tout en recherchant un stage afin de valider son année, elle s'engage, écoute les discours de Mélenchon en pleine campagne électorale. Le 23 avril prochain, elle votera pour la première fois.

Et puis il y a Sébastien, l'aîné, 21 ans. Il étudie en Vendée, comme sa sœur, conclut un BTS informatique. Ses amis voient en lui le bon camarade, ouvert, drôle, apprécié. Pourtant, dès le 24 février 2017, un avis de recherche à son nom est diffusé dans tous les commissariats et gendarmeries de France. La fiche n'y va pas avec le dos de la truelle : « Les premiers éléments recueillis pourraient orienter l'enquête sur la personnalité du fils Sébastien, lequel est soupçonné d'avoir mis en place un funeste projet, visant à supprimer les membres de sa famille et peut-être lui-même. » Soupçonné ? D'où vient cette conviction précoce ? L'enquête n'a même pas commencé. Un rapide coup d'œil sur les réseaux sociaux donne des idées. Sur Twitter, le 11 septembre 2014, Sébastien Troadec, 19 ans, écrit : « #Dans30ansjesuis mort depuis 27 ans. » Le calcul est un peu tordu mais tombe juste ; la date funeste, c'est pour 2017, il avait tout prévu. D'autres tweets, plus anciens, suggèrent une relation délicate avec le père, Pascal : « Punaise hier, de 2 h du mat' à 20 h mon père gueulait, j'arrêtais pas dlui dire "ferme ta gueule", il continuait à brailler. » Toujours sur une note joyeuse, il poste en juillet 2013 : « Vivement ma mort, ma vie me saoule », ou encore « si on savait ce qu'il se passe réellement dans ma tête, on me prendrait pour un fou, sans moral ».

En contrepoint, les enquêteurs dénichent l'existence d'un maigre casier judiciaire, ouvert en 2011 dans le cadre d'une « provocation non publique à la discrimination, à la haine ou à la violence ». Sous le pseudo SEBI, Sébastien Troadec, 16 ans alors, avait laissé un message peu inspiré sur un forum d'un site de jeux vidéo : « Demain, je vais à l'école avec mon nouveau flingue et je vais me faire une tuerie à Orvault. Je vous invite à participer à la tuerie, mon lycée compte plus de 1 000 personnes. » Aussitôt signalé, aussitôt placé en garde à vue. Au cours de son audition, on comprend qu'il n'en pensait pas un traître mot : des paroles en l'air, de la provocation, bête, mais on l'est encore un peu à 16 ans, non ? Inconnu des services, il s'en sort avec une peine de travaux d'intérêt général.

“

DEMAIN, JE VAIS À L’ÉCOLE
AVEC MON NOUVEAU FLINGUE
ET JE VAIS ME FAIRE
UNE TUERIE À ORVAULT.

”

Sébastien a connu quelques turbulences à l'adolescence, soit, mais il en est revenu, désormais jeune adulte, bien intégré, ses amis du BTS en témoignent. Dans le sens inverse, les enquêteurs le soupçonnent d'avoir assassiné sa sœur et ses parents avant de mettre fin à ses jours, tout ça pour un tweet prémonitoire et un dérapage sur un topic ? Non, ça ne tient pas ; le 27 février, un premier rapport de l'IFEG, l'Institut français des empreintes génétiques, balaie définitivement la thèse. Chaque membre des Troadec a perdu de son sang dans la maison, celui du père et de la mère, présents dans le hall, au pied de l'escalier, celui de Sébastien, en grande quantité dans sa chambre. Les traces de Charlotte se font plus rares, l'alèse de son lit a été découpée, emportée. A-t-elle été enlevée ? A-t-elle survécu ?

Le 1er mars, à Dirinon dans le Finistère, à 250 kilomètres d'Orvault, une joggeuse ramasse au bord de la route, à l'orée d'un bois, un pantalon contenant la carte Vitale de Charlotte Troadec. L'artillerie lourde se déploie : 80 gendarmes, une meute de chiens-renifleurs, des caméras thermiques, un hélicoptère qui ratisse les environs… tout ça pour ramasser une trousse d'écolier et de vieux manuels portant, à la première page, écrit au stylo bleu, le nom de Pascal Troadec. Ça paraît peu, mais le secteur des fouilles parle ; les terres hébergent toute la famille, les tantes et cousines de Brigitte, les frères et sœurs de Pascal. Tout le clan au même endroit, pratique. Qui d'entre eux sème ces petits cailloux, joue à égarer l'investigation, s'amuse autant qu'il se protège ? Le lendemain, changement de décor, retour en Loire-Atlantique. À Saint-Nazaire, on localise sur le parking de la sous-préfecture la voiture de Sébastien Troadec : plus de tapis de sol, mais du sang sur la banquette arrière, dans le coffre. 3 mars, le procureur Pierre Sennès donne une conférence de presse au palais de justice de Nantes. Rien de bien nouveau à se mettre sous la dent, mais l'affaire captive, c'est déjà ça. Loué soit le secret de l'enquête, ciblant depuis peu un nouveau suspect, au plus proche de la famille. Dans l'ombre, l'IFEG rassemble les preuves qui s'apprêtent à le confondre.

“

J’AI FAIT UNE TRÈS GROSSE BÊTISE,
J’AI TUÉ QUATRE MEMBRES
DE TA FAMILLE, CE N’EST PAS
CE QUE JE VOULAIS.

”

02

LA « BÊTISE »

Il est 6 heures du matin, ce 5 mars 2017, quand un véhicule de la PJ cherche son chemin dans les environs de Pont-de-Buis-lès-Quimerch, entre Brest et Quimper. Au bout d'une petite route de campagne en pente douce, s'étend un lieu-dit discret, à l'abri des regards : la ferme du Stang, 26 hectares de bois et marécages au creux d'un vallon. La commissaire à la tête de l'équipe est accueilli par un petit garçon, 10 ans à peine, qui lui dit : « Je savais que vous alliez venir. Je pensais juste que ce serait plus tard. » On vient pour ses parents : Hubert Caouissin, 46 ans, compagnon de Lydie Troadec, sœur de Pascal Troadec. À 14 h 25, leur interrogatoire commence à l'hôtel de police de Nantes. Décor familier. Ils avaient déjà été placés en garde à vue, dès le début de l'affaire, entendus puis relâchés 20 heures plus tard, faute de charges suffisantes. Les suspicions provenaient des sœurs de Brigitte, puis d'une lettre anonyme, expédiée aux autorités par un corbeau : « Arrêtez de chercher du côté de Sébastien, il n'a rien à voir avec tout ça, non. Allez plutôt voir le beau-frère de Pascal : il est jaloux de lui à en crever. »

Une seconde fois invité à la table des enquêteurs, Hubert Caouissin répète ne pas être en mesure d'expliquer la disparition des Troadec, arguant que ses relations avec sa belle-famille ne sont pas au beau fixe; il ne les a, pour ainsi dire, plus visités ou même croisés depuis 2014. Vraiment? On lui demande de confirmer sa déclaration, il s'exécute – le piège à loup se referme, clac. À l'IFEG, dans le scellé numéro 36, l'un des 1 000 prélèvements effectués dans le pavillon à Orvault, un verre d'eau ramassé dans l'évier, porte l'ADN de M. Caouissin. Le même ADN est recueilli sur un fauteuil, laissé dehors, peut-être dans l'espoir qu'une averse le nettoie, et dans la voiture de Sébastien, côté conducteur, dans le coffre et sur la banquette arrière. Hubert ment, il les a bel et bien vus. Alors, foutu pour foutu, il abdique, se lance dans un récit-fleuve, précis, glaçant. Dix-sept pages de procès-verbal qui lèvent le voile sur le triste sort des Troadec. Lydie, elle, n'apprend rien, sait tout depuis le petit matin du 17 février dernier, quand son époux était rentré, couvert de sang, pour lui annoncer de but en blanc : « J'ai fait une très grosse bêtise, j'ai tué quatre membres de ta famille, ce n'est pas ce que je voulais. »

Cette nuit du 16 au 17 février, se réunissaient à Orvault tous les membres de la famille Troadec. Sébastien et Charlotte rentrent au bercail ensemble, les valises sûrement pleines de linge sale, Brigitte est aux anges, fait chauffer les fourneaux et prépare les machines. Le chat traîne entre ses pattes, la queue dressée, réclame son attention. Elle s'en fout du chat, ses enfants sont là, elle l'envoie paître, lui ouvre la porte de la buanderie, celle qui donne sur le jardin. Brigitte ne la referme pas complètement, elle ne remarque pas, tapi dans la pénombre, près de la haie, Hubert Caouissin : immobile, les mains gantées, un bonnet vissé sur la tête. Il voit le chat partir en vadrouille, se glisse dans l'entrebâillement, se cache dans la buanderie et attend. À la fin du dîner, chacun rejoint sa chambre.

« Après, c'est devenu calme, et j'ai réalisé ce que j'avais fait. Ils étaient tous morts, c'est pas ça que je voulais, pas du tout. »

Minuit sonne, 1 heure, 2 heures… À 3 heures du matin, les plombs sautent. Pascal et Brigitte étaient-ils encore réveillés ? Peu probable. Ont-ils entendu un bruit suspect ? Vraisemblablement. Ils se lèvent en tout cas, descendent prudemment et tombent nez à nez avec le beau-

« ILS REPARTIRONT
AVEC DES BROUTILLES,
DES FRAGMENTS... 300 GRAMMES,
VOILÀ TOUT CE QU'IL RESTE
DES QUATRE SQUELETTES. »

frère Hubert, sapé comme un cambrioleur. Une bagarre éclate. Dans sa déposition, M. Caouissin prétend que Pascal tenait dans ses mains un pied-de-biche. Étonnant, il est sorti de sa chambre avec ? Il fait partie de ceux, si nombreux, à s'endormir avec un pied-de-biche sous l'oreiller ? Toujours est-il qu'Hubert réussit à le désarmer, à s'emparer de l'arme : « Ça s'est enchaîné, c'est devenu fou. J'ai refrappé Pascal et Brigitte. » L'échauffourée réveille Sébastien, il sort de sa chambre, a à peine le temps d'apercevoir l'ombre de son oncle : « Il avait l'air un peu menaçant, je lui mets un coup de pied-de-biche sur la tête. J'ai frappé plus fort parce que je commençais à être vraiment paniqué. Et le problème, c'est qu'il y avait une des dents qui est rentrée dans son crâne. C'était foutu, c'était foutu. » Le fils Troadec s'écroule sur son lit. De sa chambre mitoyenne, la tête passant timidement à travers la porte, Charlotte jette un œil et reçoit le même traitement. Brigitte est encore debout, plus pour longtemps : « C'est comme si elle avait été débranchée ; elle est tombée comme ça… Pof. » Dernier sur le ring, Pascal prend un coup sur la tête : « Après, c'est devenu calme, et j'ai réalisé ce que j'avais fait. Ils étaient tous morts, c'est pas ça que je voulais, pas du tout. » Que voulait-il, au juste ? On ne sait pas. Pour l'heure, il se dérobe, rejoint sa voiture, engloutit 250 kilomètres et rallie Pont-de-Buis à l'aube, où il confesse à sa compagne sa folie meurtrière. À ce point de son récit, il met en garde les enquêteurs : jusqu'ici, il a relaté la partie « soft ». Il fait bien de prévenir.

Au lendemain du massacre, la journée du 17 février s'écoule sans encombre. Le soir venu, dès le petit couché et endormi, Hubert et Lydie retournent à Orvault. Sur place, elle reste dans la voiture, veille au grain, un talkie-walkie à la main, tandis qu'il pénètre à nouveau dans le pavillon. Il va nettoyer comme un damné les traces de son crime, traquer la moindre goutte de sang, trimballer son seau, son éponge, sa lessive, partout. Il ne s'arrête qu'à de rares moments, assoiffé, boit un peu d'eau à la cuisine, oublie son verre sur l'égouttoir – grosse bêtise là aussi, il les enchaîne. Le ménage accompli, il emprunte un pantalon à Pascal, plus vraiment là pour donner son avis, une casquette ; un voisin curieux pourrait regarder par la fenêtre. Dehors, il rapproche en marche arrière la voiture de Sébastien, charge depuis le garage les quatre corps dans le coffre. Retour à la ferme du Stang, Hubert conduit son corbillard, Lydie le talonne dans l'autre véhicule. Le lendemain, elle emmène le petit effectuer une longue balade dans les bois, le plus loin possible. Seul, Hubert amorce le dépeçage, coupe d'abord les têtes – insoutenable selon lui, on le croit –, sépare les muscles des os et de la peau, brûle tout ce qu'il peut dans sa chaudière, à deux doigts d'exploser, disperse des lambeaux de chair dans ses ronciers, compte sur les charognards pour les avaler. Le plus dur est fait, il ne reste que la finition : récurer la voiture de Sébastien, l'abandonner quelque part, jeter le pied-de-biche par-dessus le pont de l'Iroise, dans l'Élorn, passer un dernier coup de balai chez les Troadec, et enfin respirer.

03
LE TRÉSOR DE BREST

Le 8 mars 2017, trois jours après les aveux d'Hubert et Lydie, policiers, magistrats et experts perquisitionnent la ferme du Stang. Ils traînent des pieds, son propriétaire leur a promis du costaud. Sous une pluie battante, ils vont chercher les vestiges de la famille Troadec. À l'extrémité du terrain, au bord de l'Aulne, émergent de la vase des bijoux, des affaires de classe, un ordinateur portable. Au-dessus de leur tête, pendent aux branches des viscères. Ils repartiront avec des broutilles, des fragments... 300 grammes, voilà tout ce qu'il reste des quatre squelettes. L'autopsie doit faire preuve d'imagination, jongler avec si peu d'éléments ; les légistes regrettent surtout que les crânes n'aient pas été retrouvés. Hubert dit les avoir concassés, puis jetés dans un marécage. Une tractopelle retourne la zone désignée, en vain. Les mises en examen d'Hubert Caouissin et Lydie Troadec sont prononcées dans la foulée, modification de l'état des lieux d'un crime et recel de cadavres pour l'une, quadruple assassinat et atteinte à l'intégrité des cadavres pour l'autre. Deux missions incombent à l'instruction : déterminer le mobile, et établir si oui ou non le geste a été prémédité. Que faisait-il à Orvault dans la nuit du 16 au 17 février ? Il prétend qu'il ne comptait pas anéantir sa belle-famille, soit, alors pourquoi rôdait-il dans leur jardin ? L'explication demande du recul ; ne pas isoler l'acte, l'inclure plutôt comme le point d'orgue d'une querelle familiale garnie : jalousie, paranoïa et lingots d'or au programme.

En 2006, à 36 ans, Hubert Caouissin n'était pas à consoler. Domicilié à Plouguerneau, employé depuis 18 ans à l'arsenal de Brest comme technicien, il joue au tennis, sort avec des amis, coche les cases de ce que la société attend de lui… Il ne lui reste qu'à rencontrer l'amour, une partenaire avec qui fonder une famille. Sur Meetic, il opte pour le pseudonyme HubforRoses, cash, et se lance en quête de la « perle rare », intelligente, sportive, drôle… « Qu'elle me remette en question ne me dérange pas, pourvu que ce soit justifié. » Le profil de Lydie Troadec le touche : elle a son âge, elle est assistante médicale, elle apprécie son humour, sa prose, accepte un rendez-vous. En quelques mois, ils emménagent ensemble, se pacsent, donnent naissance à un enfant en 2008. Non loin, vivent les parents de Lydie, Pierre et Renée Troadec. Hubert devient le gendre idéal, toujours prêt à donner un coup de main, ravi de venir déjeuner le dimanche. Il gagne sa place chez les beaux-parents et, sur l'autre branche de l'arbre, le fils Pascal s'éloigne, part vivre à des centaines de kilomètres avec les siens.

La malédiction commence par le décès de Pierre Troadec, la clé de voûte, le patriarche.

L'année 2009 marque un tournant. La malédiction commence par le décès de Pierre Troadec, la clé de voûte, le patriarche. À sa disparition, succède un trouble, contracté par Hubert, au contact de l'entretien des sous-marins nucléaires : une hyperacousie, un dérèglement du schéma auditif neuronal revoyant à la baisse son seuil de tolérance au bruit. La sonnerie du téléphone, la porte qui claque, les pleurs d'un nourrisson, un rien lui file des migraines terribles, une profonde fatigue, des accès de violence. En 2013, le burn out guette, il se met en arrêt maladie, s'éloigne pendant trois ans des quais de l'arsenal. À la maison, ce n'est pas la fête : Lydie combat un cancer du sein, le couple se soutient, l'un rattrape l'autre. À la même période, les Troadec commencent à se fissurer; depuis la mort de Pierre, Pascal s'est durci. Hubert le trouve trop autoritaire, brutal avec Lydie, sans comprendre son changement d'attitude.

Heureusement, Renée, sa belle-mère, le met sur une piste. Elle est persuadée que Pascal, son propre fils, a volé il y a quelques années un trésor de famille, autrefois déniché par son défunt mari. En 1976, les aïeux Troadec avaient acheté un immeuble à Brest, à Recouvrance, quartier historique, non loin du port. En cassant un mur, jackpot, Pierre serait tombé sur des lingots d'or; des restes de la légendaire caisse perdue dans la rade lors de l'opération de sauvetage initiée par la Banque de France, avant l'invasion allemande. Renée n'a jamais vu le magot, de ses yeux vu, mais elle affirme qu'il a longtemps été caché dans leur maison, sous le toit du garage. Sans ménagement, elle accuse Pascal de l'avoir dérobé, profitant de son séjour en maison de convalescence pour récupérer le double des clés, rafler la mise. La révélation, douteuse et sans fondement, il faut le signaler, embarque Hubert et Lydie; ils voient d'un jour nouveau le train de vie de Pascal, des siens. Ne se sont-ils pas offert, en 2013, deux nouvelles voitures, une Audi A4, une BMW Série 3, d'un montant de 40000 euros chacune? Il y a ces vacances à Amsterdam, en Corse, en Irlande, ils le savent, recevant systématiquement une carte postale. Il faut

“

HUBERT N’EXPRIME AUCUNE ÉMOTION, IMPASSIBLE, HAGARD.

”

tempérer la réalité : les voitures ont été achetées d'occasion et à crédit, les voyages transitent par des compagnies *low-cost*… Mais les détails, Hubert et Lydie ne les remarquent pas.

En complète autarcie, ils guettent la moindre menace ou filature.

L'indignation mêlée d'une pointe de jalousie laisse bientôt place au délire. Hubert voit en son fils l'héritier légitime du trésor de Brest ; il serait un obstacle à l'opulence des Troadec. Pourquoi ? En cas de testament, n'est-ce pas Lydie, la fille de Pierre, la véritable ayant droit ? Il ne faut pas chercher un raisonnement logique : quand Brigitte s'interroge sur la scolarité de son neveu, Hubert y entend les prémices d'une tentative de kidnapping. Elle a le malheur de demander à quel établissement il est inscrit, il imagine aussitôt des tueurs débarquer à la récré. Le chat vient ronronner trop près, on le soupçonne de porter la toxoplasmose. On en est là. Alors Hubert et Lydie plient bagage ; au revoir Plouguerneau, bonjour la ferme du Stang, acquise dans le plus grand des secrets, seule Renée sera mise au parfum. Déscolarisé, le gamin expérimente l'école à la maison, dictée par ses parents, il doit être fou de joie. En complète autarcie, ils guettent la moindre menace ou filature. Hubert fait le tour des ronds-points plusieurs fois, s'assure de ne pas être suivi, Lydie note sur son agenda les plaques d'immatriculation, les appels de numéros inconnus.

Des ongles trop bien limés, une chemise blanche repassée, une nouvelle montre, des rénovations : chaque dépense des Troadec est consignée à l'intérieur d'un dossier, retrouvé par la police dans l'ordinateur d'Hubert Caouissin. Il leur attribue des noms de code, surnomme Pascal la « Crapule » et Brigitte « la Grosse Dondon », charmant, entasse des images géolocalisées du pavillon d'Orvault, des échanges de mails, des enregistrements audio… Son enquête tend à prouver que sa belle-famille s'est bel et bien emparée du trésor, disséminé dans des comptes à l'étranger, à Andorre, à Monaco. Une fois menée à son terme, il ira la soumettre au Tracfin, le service de renseignement chargé de lutter contre le blanchiment d'argent et la fraude fiscale. Mais pour cela, il doit apporter la preuve ultime, irréfutable. Ainsi, dans la nuit du 16 au 17 février 2017, il se rend chez les Troadec dans l'espoir d'y subtiliser un double des clés, lui permettant de revenir à sa guise, plus librement, quand la famille sera absente. Un stéthoscope enfoncé dans ses oreilles, il longe les murs du domicile, sonde les conversations, attend le moment opportun et s'introduit. Caouissin n'a de cesse de le répéter, il n'a jamais eu l'intention de tuer Pascal, Brigitte, Sébastien et Charlotte. Il a manqué de discrétion, il s'est emporté, il a fait sa très grosse bêtise.

04

L'ENFANT DE L'AFFAIRE TROADEC

Quatre années défilent, l'instruction suit son cours. Les étapes se succèdent : morphoanalyse, reconstitution, expertise psychiatrique… Chaque camp en tire ses conclusions et se prépare à l'affrontement. Le procès s'ouvre le 22 juin 2021 aux assises de Loire-Atlantique, imposant bloc noir sur l'île de Nantes, salle d'audience en bois rouge. Lydie Troadec y comparaît libre. Le premier jour s'attarde sur son implication. À la barre, elle semble être revenue de ce cauchemar, reconnaît de guerre lasse ne plus vraiment croire à ce fameux trésor, regrette d'avoir tenu un rôle dans cette tragédie, déplore de ne pas avoir cerné les troubles de son ex-époux. Quand vient son tour le lendemain, Hubert n'exprime aucune émotion, impassible, hagard. Il ne se lève du box que pour retirer son masque, répondre poliment aux questions de la présidente, puis se rassoit. Le 24 juin, les sœurs de Brigitte livrent leur témoignage, évacuent des années de colère, de souffrance, d'incompréhension. Même si la préméditation n'a pas été retenue, l'accusé risque la perpétuité, elles le savent, elles le disent : elles entrent chaque matin dans le palais, un couteau entre les dents.

Inévitablement, la cour revient sur la nuit du 16 au 17 février 2017. La version d'Hubert, la seule qu'elle a sous la main, n'a pas bougé d'un iota ; il est entré par effraction dans l'unique but de récolter des renseignements, nécessaires au bouclage de son fameux dossier Crapule. La situation a dégénéré, fruit d'un malheureux accident, la bêtise, on a compris. L'avocat général attend ce moment précis pour frapper. Que penser de cette coïncidence, selon laquelle l'accusé choisit d'agir pile le soir où les Troadec se réunissent ? Que dire de ses recherches Internet sur la puissance de feu d'une carabine 22 Long Rifle, sur l'efficacité d'un collier de serrage, d'un rossignol, de sa lecture d'un ouvrage intitulé *La Science contre le crime* ? Et puis il y a cette bagarre, à moitié convaincante durant la reconstitution ; comment un seul individu parvient à en maîtriser quatre, simultanément ? Les experts en morphoanalyse se le demandent aussi, estiment que Charlotte et Sébastien n'ont pas été tués au beau milieu de la rixe, mais dans leur lit, voire dans leur sommeil.

Malgré toute l'improvisation dont Caouissin prétend avoir fait preuve, il a parfaitement réussi son coup.

L'absence des crânes ne permettra jamais d'étudier en détail les blessures portées aux têtes des victimes. L'extermination des corps est telle que les techniques de prélèvement à la ferme ressemblaient aux lendemains d'attentats ou de catastrophes naturelles. Quant à l'arme du crime, tout le monde s'étonne de Pascal Troadec et de son pied-de-biche sous l'oreiller… N'était-il pas plutôt rangé dans la buanderie, comme tous les pieds-de-biche, là où Hubert attendait que la famille s'endorme ? Triste constat, malgré toute l'improvisation dont Caouissin prétend avoir fait preuve, il a parfaitement réussi son coup : la nuit du 16 au 17 février 2017 demeurera un mystère.

Le 1er juillet, une semaine après le début du procès, Pascal et Brigitte Troadec reviennent à la vie ; la cour diffuse un extrait sonore d'une des dernières réunions de famille. On doit la captation à Lydie, au dictaphone caché dans le corsage. À l'été 2014, Renée convoque à sa table son fils et sa bru, sa fille et son gendre. La doyenne tire en premier : « Bon ben, j'estime que j'ai droit à la moitié de ce que vous avez pris. » Incrédule, Pascal rétorque : « La moitié de quoi ? Maman, qu'est-ce qu'on t'a piqué ? », « Des pièces d'or. », « Qui a piqué des pièces d'or ? Moi, j'ai volé des pièces d'or ? T'es malade ! » Lydie en profite pour porter l'estocade : « Mais pourquoi tu t'énerves si tu n'as rien à te reprocher ? » Hubert, calmement, expose sa thèse : « Il y avait quelque chose dans l'immeuble de Brest. Quelque chose de très très important. Alors, deux possibilités, soit vous n'y êtes pour rien, soit vous avez quelque chose à vous reprocher… » Des pieds de chaises raclent le sol, des corps se lèvent, déambulent dans le salon. Le repas vire au pugilat, menaces à l'appui : « Je vous jure que c'est fabuleux, qu'il y a de quoi changer la vie de tout le monde, assure Caouissin, je sais ce que je dis. Il y a eu quelque chose. Il n'y a plus rien. Qui l'a pris ? Pour des choses comme ça, on éradique des familles entières. Donc, si vous avez fait quelque chose, il vaut mieux s'arranger. »

Si Renée n'est pas poursuivie, sa passivité déconcerte. Elle ne se constitue pas partie civile, n'assiste pas aux obsèques de son fils et de ses petits-enfants, n'y participe pas non plus financièrement.

On ne parle pas beaucoup de Renée Troadec, et pourtant. N'est-ce pas elle qui, à l'origine, souffle à Hubert l'idée d'un trésor subtilisé par Pascal? Elle qui réclame sans détour sa part à son fils? Suite à ce déjeuner calamiteux de 2014, elle coupe définitivement les ponts avec lui, via une lettre recommandée envoyée quelques mois après : « Suite aux violences faites chez moi le 5 juillet 2014, j'ai dû me rendre aux urgences le lendemain matin, en raison de troubles cardiaques provoqués par la peur. Le cardiologue m'a fait un électrocardiogramme et m'a conseillé de ne plus recevoir de personnes malveillantes chez moi. » Pascal se désespère en retour : « Toi, ma propre mère, tu crois aux élucubrations de ton beau-fils plutôt qu'aux explications de ton fils? […] Je te souhaite un retour à la raison et une bonne année. » Si Renée n'est pas poursuivie, sa passivité déconcerte. Elle ne se constitue pas partie civile, n'assiste pas aux obsèques de son fils et de ses petits-enfants, n'y participe pas non plus financièrement. Au procès, elle apparaît en visioconférence, affaiblie depuis un AVC en 2018. La présidente ne tire pas grand-chose de ses déclarations, brèves, impertinentes. Son souvenir du repas désastreux enregistré sur dictaphone? « Ils parlaient d'argent. 500000 euros, c'était super, c'était bien. » En effet, ça donnait envie de passer dire bonjour.

---

2 juillet, l'expert psychiatre Daniel Zagury se présente à la barre. Lui et son confrère Michel Dubec ont examiné les deux accusés et livrent leur conclusion. Hubert et Lydie ont développé un délire à deux, une contagion mentale, « l'idée de l'un devient celle de l'autre. Le moi de l'un incorpore une partie du moi de l'autre ». Deux écorchés s'isolent du monde dans une ferme, l'un en burn out, l'autre en convalescence. Les lingots d'or les obsèdent; en vase clos, personne ne peut les

ramener à la raison. À l'exception de Renée Troadec, dernier lien avec le monde extérieur, qui préfère souffler sur les braises : « Une mère, rappelle le docteur Zagury, c'est fait pour rétablir la paix entre ses enfants. » Il insiste sur le trouble psychique dont souffrirait Hubert, la nuit du quadruple meurtre : une altération du discernement, soit la perte totale du contrôle, la certitude d'agir en légitime défense pour sauver son fils, mais de quoi ? À l'heure du procès, si Lydie remonte à la surface, Hubert avance toujours en sous-marin ; il aura beau demander pardon, regretter, il n'aurait pu faire autrement que de retourner à Orvault et boucler son enquête surréaliste.

Mercredi 7 juillet, après sept heures de délibérés, les six jurés tirés au sort regagnent la salle d'audience. Contre Hubert, ils écartent la réclusion criminelle à perpétuité, optent pour une peine de 30 ans de prison, pas de sûreté. Lydie est, elle, condamnée à 3 ans d'emprisonnement, dont un avec sursis, le tout avec obligation de soins. Aucun d'eux ne fait appel. Au milieu, se trouve leur enfant, âgé de 13 ans. Durant les audiences, son administratrice ad hoc le représente. En 2017, peu après le drame à Orvault, il avait été chargé d'une mission par son père : faire le guet, devant les chaînes d'info en continu, l'appeler à la moindre évocation du nom Troadec. Juste avant l'interpellation, il avait reçu en premier les aveux d'Hubert : « Tu vois, le monstre que tout le monde recherche, c'est Papa. » Déposé par la suite dans un foyer, il se présentait ainsi : « Bonjour, je suis l'enfant de l'affaire Troadec. » Aujourd'hui, grandissant sous une nouvelle identité, il se passionne pour l'histoire, le français, la lecture. Plus tard, il veut devenir médecin, ou écrivain, hésite encore. Il se relève, évolue positivement selon les termes de son administratrice : voilà bien tout ce qu'il reste à espérer.

02
LES SŒURS PAPIN

1933, LE MANS

La Cérémonie de Claude Chabrol, *L'Analphabète* de Ruth Rendell, *Les Bonnes* de Jean Genet, pour ne citer que quelques œuvres : voilà presque un siècle qu'elles inspirent cinéastes, écrivains et dramaturges. Isabelle Huppert, Sandrine Bonnaire les ont interprétées, Sylvie Testud et Julie-Marie Parmentier aussi ; on leur prête des traits, une voix, mais personne ne les a jamais comprises, ni autrefois, ni aujourd'hui. C'est qu'elles parlent peu, les sœurs Papin, si peu qu'on ne s'est pas privé de les récupérer, de les surnommer, de les broyer. Oui mais, répondent leurs détracteurs de l'époque, ce sont elles qui ont commencé.

01

COUCHÉES SOUS LES COMBLES

Rude semaine pour le greffier Bouttier. Ce jeudi 2 février 1933, à la nuit tombée, il rallie Le Mans, las d'une journée entière passée à battre la campagne sarthoise. Loisir ou travail ? Un sordide double meurtre à Ruandin, les époux Bateux massacrés à la hachette, une boucherie dans laquelle il a fallu relever les ourlets et rendre compte. Rentré pour 20 heures, à peine a-t-il le temps de se déchausser que le commissaire Dupuy l'attrape par l'épaule. Deux heures auparavant, M. René Lancelin, la soixantaine, ancien avoué et administrateur à la Mutuelle au Mans, rentrait d'une réunion en compagnie de son cercle. Rendu à son domicile, 6, rue Bruyère, il bute contre la porte cochère, verrouillée à double tour. Il sonne, plusieurs fois, personne ne lui répond. Il était pourtant prévu qu'il vienne récupérer son épouse Léonie, 53 ans, sa fille Geneviève, en vue d'un dîner à la table de son beau-frère, M. Ringard. Il fait un saut là-bas, ne les y trouve pas. Peut-être sont-elles encore en compagnie du gendre alors, M. Renard ? Non plus. Inquiets, Lancelin, Ringard et Renard retournent rue Bruyère, se luxent les épaules contre l'entrée, enfermés dehors sur un bout de trottoir. Un détail les trouble, sur la façade grise aux volets clos, une seule lueur émane d'une fenêtre au dernier étage, sous les combles : la chambre des bonnes. Pourquoi ne leur ouvrent-elles pas ?

Agrippé à sa lampe-torche, il gravit une à une les marches et, posé sur la dernière, confondu par le faisceau, un œil humain l'observe sagement.

Notre greffier Bouttier n'est donc pas près d'aller se coucher. Peu après 20 heures, il débarque sur place, accompagné par deux agents de la Sûreté locale, les bien nommés Ragot et Vérité. L'obstacle, ils le contournent, passent par l'immeuble voisin du n° 8, sautent dans la cour des Lancelin. À l'intérieur, la pénombre, le silence, pas une trace de vie. Ragot sécurise le rez-de-chaussée, Vérité file au premier étage. Agrippé à sa lampe-torche, il gravit une à une les marches et, posé sur la dernière, confondu par le faisceau, un œil humain l'observe sagement. Quelques minutes plus tard, l'agent Vérité redescend, réquisitionne son binôme d'une voix blanche et, surtout, défend à M. Lancelin de monter voir.

**Le sang a coulé à flots, imbibé les tapis,
éclaboussé les murs, les tableaux, le mobilier.**

Là-haut, carnage, deux corps côte à côte gisent sur le palier. Leurs habits, l'âge présumé, désignent les mère et fille Lancelin, visages broyés, yeux arrachés. Sur le dos, Léonie a la tête tournée en direction de la rue, le bas des reins parcourus par deux plaies béantes, les jambes tailladées telles les ciselures d'un boulanger sur son pain. Geneviève est sur le ventre, la robe relevée, les fesses lacérées. Le sang a coulé à flots, imbibé les tapis, éclaboussé les murs, les tableaux, le mobilier. Y trempent des fragments d'os et de dents épars, un couteau de cuisine et un pichet en étain déformé à force d'avoir cogné les crânes. Le greffier Bouttier en a vu, des scènes de crimes, tout juste revenu du massacre chez les Bateux, mais un tel acharnement, ça jamais. Tout aussi secoués, Ragot et Vérité inspectent les pièces restantes à l'étage, puis au second. Une dernière porte leur résiste, sous les combles, aisément crochetée, libérant l'accès à la fameuse chambre des bonnes. Allongées sur le lit, en peignoir, hagardes, les sœurs Christine et Léa Papin, 28 et 22 ans, attendent patiemment à la lumière d'une bougie.

02
BOUILLIE SANGLANTE

« Qu'avez-vous fait à vos maîtresses ? », leur demande l'agent Vérité, effaré. L'aînée, Christine, lui répond dans un murmure : « Elles ont voulu me frapper, je me suis vengée. Vous avez vu, nous vous suivons. » Au pied de la fenêtre, un marteau posé au sol accompagne une pile de vêtements ensanglantés : deux tabliers de coton mauve, deux paires de bas de coton beige. Sans opposer la moindre résistance, les sœurs Papin sont escortées au commissariat central tandis qu'au 6, rue Bruyère, ça défile : procureur, substitut, juge d'instruction et médecin légiste constatent, à tour de rôle, l'horreur perpétrée chez les Lancelin. Le docteur Chartier, saisi par le procédé d'énucléation, fouillera longuement dans sa bibliothèque et ne retiendra qu'un cas vaguement similaire, survenu avant la Grande Guerre au sein d'un asile, où un aliéné s'était ôté un œil à mains nues. Il s'en doutait : c'est une grande première dans l'histoire criminelle française, qualifiée par ses soins de « bouillie sanglante », la rigueur scientifique avant tout.

Inculpées pour homicides volontaires, les domestiques sont interrogées l'une après l'autre, le soir même. Christine déroule d'abord la journée du 2 février, pas plus extraordinaire qu'une autre, débutant par la préparation du petit-déjeuner, puis du déjeuner des maîtres : l'aînée cuisine, la cadette sert. Début d'après-midi, Monsieur s'absente et rejoint son cercle de notables, Madame et Mademoiselle partent visiter le gendre Ringard. Aucun ne laisse d'instruction précise aux Papin, sérieuses, responsables, qui s'attellent au repassage. Elles branchent le fer, une étincelle jaillit et les plombs sautent. Faute de mieux, le linge défroissé est trié, plié, rangé dans un coin. La suite, Christine la raconte : « À 18 heures, quand Madame est rentrée, je lui ai rendu compte que le fer était à nouveau démoli et que je n'avais pas pu repasser. Quand je lui ai eu dit cela, elle a voulu se jeter sur moi. Nous étions à ce moment-là, ma sœur et moi et mes deux maîtresses, sur le palier du premier étage. Voyant que Mme Lancelin allait se jeter sur moi, je lui ai sauté à la figure. Je lui ai arraché les yeux avec mes doigts. »

Une pause, une rectification : « Quand j'ai dit que j'ai sauté sur Mme Lancelin, je me suis trompée : c'est sur Mlle Lancelin, et c'est à cette dernière que je lui ai arraché les yeux. Pendant ce temps, ma sœur a sauté sur Mme Lancelin et lui a arraché les yeux. »

« Qu'avez-vous fait à vos maîtresses ? »,
leur demande l'agent Vérité, effaré.

Les maîtresses agonisent au sol, Christine ne se souvient pas les avoir entendues s'exprimer clairement; difficile de trouver les mots justes quand on vient de se faire arracher les yeux. D'autant que les sœurs Papin ne leur font pas la conversation; descendues récupérer des ustensiles, elles reviennent à la charge, s'échangent les outils, marteau contre couteau, couteau contre pichet, défigurent les visages, mutilent les jambes. Puis, elles se retirent à la cuisine, pour une toilette : « Je suis allée fermer au verrou la porte cochère et j'ai fermé également la porte du vestibule. » À cette heure, René Lancelin sonne peut-être déjà depuis la rue, en vain : « J'aimais mieux que ce soit la police qui constate notre crime avant notre patron. J'aime mieux avoir eu la peau de mes patronnes plutôt que ce soient elles qui aient eu la mienne et celle de ma sœur. Je n'ai pas prémédité mon crime, je n'avais pas de haine envers elles. Mais je n'admets pas le geste qu'a eu ce soir Mme Lancelin à mon égard. Je n'ai aucun regret. » La déposition est signée, lue à Léa, la cadette, qui confirme : « Tout ce que vous a dit ma sœur est exact. Les crimes se sont passés comme elle vous les a narrés. Mon rôle dans cette affaire est absolument celui qu'elle vous a indiqué. J'ai frappé autant qu'elle. »

Bon, la Sûreté locale a connu enquête plus tortueuse ; au sein du même foyer, dans la même soirée, ils rassemblent les victimes, les coupables, les armes et les aveux. Les évidences éludent les incohérences ; un électricien affirmera les jours suivants que le fer à repasser était en parfait état de marche, que les plombs n'ont pas fondu, qu'il suffisait de relancer le courant… nul n'y prêtera attention. Incarcérées à la maison d'arrêt du Vert-Galant, jouxtant le palais de justice, les sœurs Papin passent leur première nuit ensemble. Drôle d'idée, la proximité leur offre le luxe de comploter, préparer leur défense ou un quelconque mauvais coup. Mais à quoi bon, leur sort semble déjà scellé, elles le savent. Le lendemain, devant le juge d'instruction qui s'interroge sur la constitution de leur défense, elles ne bronchent pas : « Nous n'avons que faire d'avocats : nous savons bien que nous serons guillotinées. »

03
CHEMIN DE CROIX

À la même époque, au Mans et bientôt partout ailleurs, l'accession à la chancellerie allemande d'Adolf Hitler passe complètement inaperçue, tant le double meurtre des sœurs Papin passionne l'opinion. Monsieur le maire, fâché que la réputation de sa ville en pâtisse, prononce l'interdiction à l'affichage des revues consacrées. Loupé. Les envoyés spéciaux parisiens affluent, le fait divers prend de l'ampleur, fait frissonner à l'international. Le cliché d'identité judiciaire pris au commissariat central fuite, évidemment, imprimé et diffusé en une, peu flatteur à l'égard des suspectes ; elles y apparaissent toujours en peignoir, les cheveux hirsutes, le regard éteint, déjà mort. Dans la mêlée, se distingue Fernand Bocage, reporter de permanence le 2 février, présent lors de la découverte macabre du

“JE N’AI PAS PRÉMÉDITÉ MON CRIME, JE N’AVAIS PAS DE HAINE ENVERS ELLES. MAIS JE N’ADMETS PAS LE GESTE QU’A EU CE SOIR Mme LANCELIN À MON ÉGARD. JE N’AI AUCUN REGRET.”

6, rue Bruyère, premier à relater l'affaire dans le quotidien *La Sarthe*. C'est un original, il ne va pas utiliser la même photo que les autres ; pour illustrer ses articles, il déniche chez un portraitiste un négatif inédit. Quelques mois auparavant, Christine et Léa posaient devant l'objectif, apprêtées, endimanchées. Contraste saisissant, elles ne sourient pas plus, mais les apparats font tout : rien, dans ce premier portrait de sœurs, n'augure la violence à venir.

Au commencement, guère plus joyeux, elles étaient trois ; Émilia, née en 1901 de l'union de Gustave Papin et Clémence Derré. Christine vient en 1905, Léa en 1911. Le père, alcoolique, est soupçonné d'attouchements sur la plus grande, la mère est rarement présente. Le couple divorce en 1913, l'un disparaît, l'autre se débarrasse de ses trois filles. Ça ne les bouscule pas tant que ça ; Léa était déjà placée en orphelinat, Christine vivait chez la sœur d'un aïeul, elle rejoint Émilia qui a pris le voile chez les religieuses du Bon-Pasteur, au Mans. Elle s'y sent bien, apprend à coudre, à broder, songe elle aussi à rentrer dans les ordres. Oh que non, la mère ressurgit, capitalise sur sa progéniture. Elle récupère Christine et Léa, Émilia étant désormais intouchable, les transforme en domestiques, les place, déplace et replace au service de familles bourgeoises, n'oublie pas de toucher leurs gages, conservés au chaud, en cède une partie, si et seulement si, le besoin s'en fait ressentir.

En 1926, au 6, rue Bruyère, Léonie Lancelin souhaite renouveler son personnel de maison. Elle apprécie les bonnes références de Christine, engagée comme cuisinière, qui en profite pour pistonner sa petite sœur. En 1929, âgées de 18 et 24 ans, lassées que leur mère vive à leurs crochets, elles coupent les ponts, récupèrent leurs économies et ouvrent un livret. Leur affaire prospère ; au 6, rue Bruyère, elles ravissent les Lancelin, consciencieuses, taciturnes, responsables. Hormis la messe le dimanche matin, elles passent l'intégralité de leur temps libre enfermées dans leur

« J'AI DEMANDÉ À VOUS VOIR
POUR RECTIFIER MES EXPLICATIONS.
JE NE VOUS AI PAS DIT
TOUTE LA VÉRITÉ. »

“RIEN, DANS CE PREMIER PORTRAIT DE SŒURS, N’AUGURE LA VIOLENCE À VENIR.”

chambre : pas de bal musette, de cinéma, de balade le long de l'Huisne ou de la Sarthe. Dans le quartier, on ne les connaît pas, on ne leur a jamais adressé la parole, ni les voisins, ni leurs propres domestiques. Fait notable, elles se font entendre en 1931, réclament audience au maire, mettent en lumière les persécutions infligées par leur maîtresse. La plainte n'aboutit pas et, deux ans plus tard, le magistrat d'instruction creusera la question. Christine, d'abord réticente, évoquera un incident mineur : Léonie Lancelin avait pincé l'épaule de Léa, forcée à se mettre à genoux pour ramasser une maladresse. La sœur cadette, peu traumatisée par l'anecdote, ne s'en souvient même pas. Du reste, le juge leur fait remarquer que ces sept années de service chez les Lancelin se sont écoulées sans accroc, leurs maîtres n'étant pas du genre tyrannique, à sortir le martinet si un fer à repasser leur claque entre les doigts. Ainsi l'idée que Mme Lancelin, sitôt rentrée, se soit jetée sur ses domestiques avec une haine farouche lui paraît peu concevable. Les Papin acquiescent ; elles non plus ne se l'expliquent pas.

04
ÇA JASE

Dehors, la presse et les Manceaux n'y comprennent pas grand-chose non plus, alors ils brodent, ils romancent. M. Lancelin, l'unique survivant dont on ne parle pas beaucoup depuis le début de cette histoire, ferait par exemple l'amant idéal, le mari volage qui découche et rejoint la chambre des bonnes sous les combles. Vendu. On raconte aussi les fréquentes visites rue Bruyère d'un hypnotiseur-médium, tourneur de table, diabolisant l'esprit des domestiques. On prétend enfin que les deux sœurs couchaient ensemble, que le soir du 2 février, leur patronne les a surprises en plein ébat et l'a payé de sa vie. Tous les ragots seront démentis mais le mobile, lui, échappe toujours. Chez le bourgeois, c'est l'indignation, on laisse le mal incarné frapper les honnêtes gens dans les beaux quartiers; que fait la justice? L'autre bord érige les sœurs Papin en martyres, dressées contre le traitement de la domesticité en faveur du petit personnel mi-humain, mi-objet, sollicité à la clochette, renommé comme les précédents, c'est plus simple, on évite de s'emmêler dans les prénoms. À trois ans du Front populaire de Léon Blum, des congés payés, de la réduction du temps de travail, la lutte des classes récupère l'affaire; la revue *Détective* n'y va pas avec le dos de la cuillère, attaque à la truelle l'exploitation capitaliste : « Ce sont deux garces qui ont été assassinées ». Simone de Beauvoir, plus lettrée, y voit le « symbole de l'oppression du prolétariat, d'une société archaïque, broyeuse d'orphelins et machine à fabriquer des assassins. »

Et les psychiatres, qu'en pensent-ils? Il y a toujours une instruction, au moins? En juin 1933, trois experts, dont le docteur Schützenberger, médecin-chef à l'asile public du Mans, remettent un rapport d'une vingtaine de pages, synthèse un peu bâclée des procès-verbaux de quelques visites aux détenues : « Aucune maladie mentale, aucun déficit, aucune altération intellectuelle. Christine est sans doute douée d'une mentalité particulière, mais cependant ne dépasse pas les limites de la psychologie non pathologique, mentalité qui permet de comprendre le crime et de l'expliquer. » Autrement dit, elles sont pleinement responsables de leurs actes, pas d'état de démence à l'horizon, vraiment, tout roule, nul besoin de l'article 64 du Code pénal. Le procureur n'en demandait pas tant, ravi de sortir sa plus belle plume pour ajouter, au cas où un doute subsiste : « Pas de pathologie dans cette affaire ! [...] Ce sont des chiennes hargneuses qui mordent la main quand on ne les caresse plus. »

05
MENTALITÉ PARTICULIÈRE

À la prison du Vert-Galant, séparée de sa sœur, Christine enchaîne les grèves de la faim, du sommeil, hurle des obscénités à la nuit tombée, tente de s'arracher un œil… Mais on répond qu'elle simule, et grossièrement en plus : une mentalité particulière, rien de plus, Dr Schützenberger est formel. Le 12 juillet 1933, engoncée malgré tout dans une camisole de force, elle demande à être reçue par le juge d'instruction, souhaite modifier sa déposition :

« J'ai demandé à vous voir pour rectifier mes explications. Je ne vous ai pas dit toute la vérité. Quand j'ai attaqué Mme Lancelin, celle-ci ne m'avait pas provoquée. Je lui ai demandé, quand je l'ai rencontrée sur le palier, si elle voulait réparer mon fer électrique. Je ne sais pas ce qu'elle a répondu, mais j'ai été prise d'une crise nerveuse. Je ne me rappelle pas bien d'ailleurs comment tout s'est passé après le crime. Ma sœur et moi, nous avions convenu de partager également les responsabilités. Mais je viens d'avoir une crise pareille à celle que j'ai eue quand j'ai frappé Mme Lancelin, et j'ai eu une sorte de rappel de mémoire où des détails me sont revenus. »

Ah non, on avait dit : pas de crise de démence. Et pourtant, au retour des maîtresses, Christine affirme être descendue seule sur le palier du premier étage. Lorsque sa sœur la rejoint, Léonie et Geneviève sont déjà inconscientes, aveugles. Sur le conseil de l'aînée, Léa file récupérer le couteau de cuisine et entame les ciselures. Christine est-elle sincère dans son revirement? A-t-elle pu occulter tout un pan de la soirée, ou bien cherche-t-elle à disculper sa sœur? Celle-ci confirme après coup les révélations tardives, impossible de savoir si les deux ont pu communiquer, accorder leurs violons. On s'en contentera. Les chefs sont revus : Christine est accusée seule du double homicide, Léa de complicité.

Il y a de quoi faire dans les vies cabossées des sœurs Papin, cumulant à deux plus de tourments que l'ensemble des personnes assises dans la salle.

Le 29 septembre 1933, une ribambelle d'agents contient une foule dense, échouée devant le palais de justice. Notables, commerçants, badauds, journalistes ; tous sont venus égayer leur vendredi, contempler de près les « arracheuses d'yeux du Mans », les « brebis égarées du Bon-Pasteur »… La presse a été particulièrement inspirée. Leur arrivée sème le chaos ; Christine entre dans le box, droite comme un piquet, le menton baissé, dans un long manteau clair, les cheveux tirés, les mains dans le dos. Vêtue de noir, deux macarons rabaissés au niveau des oreilles, Léa fixe du regard un point devant elle et n'en dévie pas. Elles parleront peu, les autres l'ont déjà tant fait, se lèveront poliment pour répondre aux questions du président, leurs murmures installés aux frontières de l'audible. Le procureur est décidément un grand admirateur du rapport signé par le Dr Schützenberger, le brandissant à la moindre occasion ; il s'agit d'un crime de colère, non de folie, point. À l'en croire, les sœurs Papin ont tué leurs maîtresses comme elles accomplissent une banale tâche ménagère, en suivant scrupuleusement la recette, comme un lapin que l'on assomme, que l'on saigne, à qui on fait sauter les yeux avec les pouces avant d'inciser les pièces de choix.

La défense brille par la plaidoirie de Germaine Brière, première femme avocate inscrite au barreau du Mans. Elle a fait établir une contre-expertise par le docteur Logre, médecin de la préfecture de police de Paris, avance des hypothèses sur l'anomalie mentale de ses clientes : la persécution, l'enfance décousue, les abus du père, l'isolement, l'hystéro-épilepsie, l'ascendant de Christine sur Léa, qui remplace une mère froide, absente… Il y a de quoi faire dans les vies cabossées des sœurs Papin, cumulant à deux plus de tourments que l'ensemble des personnes assises dans la salle. Un complément d'enquête est sollicité par Me Brière, ainsi qu'un renvoi de l'affaire, le temps d'éclaircir les zones d'ombre, d'aller un peu plus loin qu'une simple « mentalité particulière ». Le jury, hélas, « les douze potirons » comme on les a surnommés, exclusivement composé d'hommes issus de la campagne environnante, ne sont sans doute pas aussi sensibles à ce qui peut bien se tramer dans la tête d'un humain, et surtout d'une femme. La cour non plus, à vrai dire ; la demande de la défense est refusée.

06

L'UNE ABANDONNE, L'AUTRE SURVIT

Le procès ne compte pas s'éterniser ; 13 heures d'audience, cela suffit, 40 minutes de délibérations, pas plus. À 1 heure du matin, la sentence tombe : Christine est condamnée à la peine capitale, Léa bénéficie de circonstances atténuantes, écope de 10 ans de travaux forcés, 20 ans d'interdiction de séjour au Mans. Qu'elle croupisse, et loin d'ici. Le périodique *L'Œuvre* déplore un jugement expéditif, mené par-dessus la jambe : « On ne devrait pas rendre la justice dans la fièvre des après-dîners et des digestions difficiles. Mais il fallait punir, exorciser l'insupportable, condamner le crime social et exclure les mystères de la folie. » En 2016, dans le cadre de ses recherches pour son ouvrage *Le Crime des sœurs Papin : les dessous de l'affaire*, la psychothérapeute Isabelle Bedouet rencontre la belle-fille du docteur Schützenberger et accède aux correspondances entretenues avec ses confrères. Il se dédouane un peu ou dénonce à regret, on ne sait pas, le manque de rigueur, la censure appliquée au fond de sa pensée : « Quel tollé, aux assises ! Excuser les Papin, c'était gratuitement porter ombrage aux bourgeoises victimes. C'était de la bouffonnerie, c'était la défense de la société bourgeoise, d'un de leurs pairs, par leurs pairs. »

Un an plus tard, en 1934, bon prince, le président de la République Albert Lebrun gracie Christine Papin et commue sa peine en travaux forcés à perpétuité. Elle est transférée à la prison centrale de Rennes, où séjourne déjà sa sœur, mais les retrouvailles sont un peu tièdes. Atone, dépressive, Christine refuse de se nourrir, finit à l'asile public et meurt le 18 mai 1937 d'une cachexie vésanique. L'une dépérit, l'autre se remplume. Léa Papin, qui a toujours vécu recluse, rien ne bouge vraiment, affiche un comportement exemplaire, officie dans un atelier de confection d'imperméables. Sa remise en liberté est prononcée en février 1943. La jeune femme a 31 ans, découvre une France nouvelle sous l'Occupation. Elle n'y connaît plus personne, si ce n'est sa mère, Clémence Derré, qu'elle rejoint à Nantes.

Le nom de Papin est inscrit sur sa boîte aux lettres, elle n'a pas songé à le changer ; époque révolue, les gens ont oublié mais les rôles, eux, sont restés les mêmes.

De là, sa trace s'efface. Dans les années 1960, un journaliste de *France-Soir* prétendra l'avoir retrouvée, travaillant sous un faux nom comme bonne dans un hôtel miteux. Elle économise, espère être admise au Bon-Pasteur quand elle ne pourra plus travailler, et retrouver sa grande sœur, Émilia Papin. Le journaliste a tout inventé ; au début des années 2000, les réalisateurs Claude Ventura et Pascale Thirode tournent le documentaire intitulé *En quête des sœurs Papin* et se lancent alors à la recherche de Léa. Les archives municipales de Loire-Atlantique et la bonne mémoire d'un gardien de cimetière les guident à son adresse. Elle habite toujours à Nantes, au sixième étage d'un immeuble, logée dans une chambre de bonne. À bientôt 90 ans, elle s'occupe des ménages pour une famille, installée en dessous, garde les enfants, part avec eux en vacances… Le nom de Papin est inscrit sur sa boîte aux lettres, elle n'a pas songé à le changer; époque révolue, les gens ont oublié mais les rôles, eux, sont restés les mêmes.

03

L'ENLÈVEMENT D'ÉRIC PEUGEOT

1960, SAINT-CLOUD

C'est une scène fugace et cruciale. Mardi 12 avril 1960, début de printemps, fin d'après-midi, trois enfants s'amusent dans le parc miniature bordant le golf de Saint-Cloud, de l'autre côté de la Seine et de l'hippodrome Paris-Longchamp. Les adultes ont relâché leur vigilance, une mère est assoupie sur une chaise longue, une nourrice feuillette une revue depuis une voiture garée sur le parking attenant, un chauffeur ramasse des boules de pétanque dispersées au sol. Nul ne remarque, peu après 17 heures, cet inconnu dans le bac à sable. Il s'est approché d'un des enfants, le plus jeune, tête blonde souriante. Il s'accroupit, lui parle, trouve les mots, le prend dans ses bras et disparaît.

Ce récit compte et salue parmi ses sources le travail de Bertrand Schefer, auteur de Série noire, *un livre publié en 2018 chez P.O.L.*

01

48 HEURES EN APNÉE

Jeanine Di Germanio vient d'étendre ses jambes sur la banquette arrière quand Jean-Philippe, 7 ans, vient lui dire, candide, que son petit frère est parti avec un monsieur. La nounou se redresse aussitôt, le chauffeur adossé à la carrosserie se retourne. « Quel monsieur ? » Haussement d'épaules, « un monsieur, quoi ». Les jambes ankylosées, Jeanine déambule jusqu'au club-house à la recherche de ses employeurs. L'affolement se distille. Pendant qu'un membre du personnel part sillonner le parcours en golfette, elle revient dans le jardin d'enfants, en pleine crise de panique, commence à crier. Au pied du toboggan, un courrier traîne. « Exceptionnellement urgent », lit-on sur l'enveloppe : « Cher M. Peugeot, voilà ce qu'on pourra lire dans les journaux si jamais vous nous faites marron : "Le jeune Éric Peugeot âgé de 6 ans est mort après avoir subi d'horribles tortures parce que ses bons parents ont refusé d'allonger 50 millions de rançon, ou alors parce qu'ils ont été trop bavards avec la police…" Je ne tiens pas à confier votre petit aux bons soins de mon ami Dédé… Dédé est un type très bien mais il est un peu dingue… Donc si vous avez envie de revoir votre fils, conformez-vous exactement à nos ordres. Quand vous l'aurez récupéré, parlez-en à la police si vous le désirez, mais pas avant. Procurez-vous ces 50 millions en coupures de 10000 et de 5000 exclusivement. Que tous ces billets aient déjà servi, nous n'acceptons pas de billets neufs. Si vous tentez de noter les numéros ou de marquer les billets, vous perdez votre fils (en effet, ce dernier ne vous sera restitué qu'après échange de cet argent, cette opération sera faite par nous très rapidement). Nous vous donnons 48 heures pour vous procurer cette somme, placez cet argent dans une serviette que vous fermerez à clef (conservez la clef sur vous) et attendez de nouvelles instructions, nous téléphonerons à votre domicile

“

L’ACTE EST SI PEU COURANT
QU’ON NE LUI CONNAÎT PAS
ENCORE DE TERME CONSACRÉ.
LES JOURNALISTES EMPRUNTERONT
LE MOT « KIDNAPPING » À LEURS
CONFRÈRES AMÉRICAINS.

”

dans 48 heures… Et n'oubliez pas que la vie de votre enfant ne dépend que de votre comportement… Soyez raisonnable M. Peugeot, nous le sommes pour la caution, et suivez nos instructions à la lettre. »

On met enfin la main sur Jean-Pierre Peugeot, 65 ans, patron de la firme automobile. En réalité, la missive ne lui est pas destinée, c'est le nom de son fils qui est cité : Roland, l'héritier du groupe, le père de Jean-Philippe et Éric. La famille va suivre à la lettre les instructions, pas un mot à la police, à la presse. Qui aurait désobéi ? En 1960, le pays n'a jamais connu une crise semblable. Certes, il y eut un autre rapt, Claude Malmejac en 1935, dans le parc Chanot à Marseille. L'histoire finit bien, le petit retrouvé, ses ravisseurs jugés, si bien que tout le monde avait oublié. Les Malmejac ne jouent pas dans la même cour que la dynastie Peugeot. L'info va fuiter. La psychose gagnera des parents insouciants, les squares seront désertés. L'acte est si peu courant qu'on ne lui connaît pas encore de terme consacré. Les journalistes emprunteront le mot « kidnapping » à leurs confrères américains ; eux ont déjà essuyé les plâtres de la tragédie du bébé Lindbergh, fils du célèbre aviateur, enlevé en mars 1932, retrouvé sans vie deux mois plus tard malgré les 50 000 dollars cédés.

Prudence, donc. Le soir venu, la famille Peugeot se barricade au 170, avenue Victor-Hugo, dans le 16e arrondissement de Paris, et rumine son angoisse près du téléphone. Il sonnera à deux reprises dans la nuit, toujours cette voix d'homme au bout du fil, laconique. Elle s'assure la première fois que Roland Peugeot est chez lui, la seconde que la lettre lui est parvenue. Médias et autorités, bien que tenus à l'écart, finissent par apprendre la nouvelle. À l'aube, des journalistes se mettent en planque devant le domicile des Peugeot et le commissaire Pierangeli, première brigade mobile de la Sûreté, rallie Saint-Cloud.

L'affaire inquiète particulièrement en haut lieu, où l'on pousse à agir avant même que les Peugeot ne portent plainte ; l'enquête, conduite en flagrant délit, outrepasse une commission rogatoire délivrée par un magistrat. M. Pierangeli et ses hommes ont 48 heures, renouvelables si besoin, pour retourner le golf et repérer ses failles. Un vieux mur recouvert de lierre sépare le jardin d'enfants d'un terrain à l'abandon. On relève une brèche, un grillage sectionné au préalable. Derrière, au bout de la friche, une barrière en bois donne sur une impasse, chaîne et cadenas ont été brisés. Ici, hier, vers 17 heures, une voiture attendait, 403 noire, un jardinier de 81 ans l'a remarquée sans saisir la gravité de l'instant. Deux hommes à son bord, l'un au volant, l'autre à l'arrière, pas d'enfant – mais peut-être était-il couché sous les vitres, caché sous une veste. Ils ont démarré, filé avant que ne retentissent les premiers cris de la nourrice. Un autre témoin, jeune étudiante allemande, confirme avoir aperçu la 403 stationner dans cette impasse les jours précédents, la plaque finirait par 75. Le coup doit sa fulgurance à la préméditation des deux hommes, au diapason des habitudes de Jean-Pierre Peugeot : chaque après-midi ou presque, lui et sa compagne délaissent le 16e arrondissement et se rendent à Saint-Cloud, à 15 heures, après la sieste des petits-enfants. Tandis qu'ils arpentent le grand parcours, Mme Di Germanio, la nourrice, et M. Perelli, le chauffeur, emmènent Jean-Philippe et Éric aux jeux. La brèche dans l'enceinte, à cet endroit précis, relève de l'aubaine, une voie royale entre les balançoires et l'impasse, la voiture et son moteur chaud. Personne n'a su distinguer les traits du kidnappeur, trop vif ; à peine décrit-on une jeune silhouette de 1 m 80, élancée, cheveux bruns courts et pull vert. Son complice au volant paraissait plus petit et trapu, coiffé d'un béret basque.

Le portrait du petit Éric est transmis dans toute la France par téléphone et télégraphe : cheveux blonds taillés en brosse, pantalon gris à bretelles, chandail rouge à manches courtes sur chemise blanche. De plus en plus de monde s'attroupe au 170, avenue Victor-Hugo, les reporters prêts à bondir dès que la porte s'ouvre, laissant entrer ou sortir tel commissaire ou brigadier. Collaboration délicate entre les autorités et les Peugeot ; les enquêteurs ne savent pas quel pion avancer, faute d'expérience, et la famille ne se risquera pas à mécontenter les ravisseurs. Roland Peugeot négociera seul, sans surveillance ni intervention, et les investigations ne reprendront qu'une fois l'enfant récupéré. Le 13 avril, début de soirée, plus de 24 heures après le rapt, le père du petit Éric se présente sur le porche de son immeuble, 200 personnes et un bouquet de micros sont suspendus à ses lèvres. « C'est un père, à qui l'on vient de prendre son enfant, qui s'adresse à vous. Tous ceux qui ont des enfants et qui les aiment me comprendront, j'en suis sûr. Mon seul souci est de le retrouver sain et sauf le plus tôt possible. Je n'ai pas déposé de plainte, je prends l'engagement formel de demander que le ravisseur ne soit pas poursuivi. » Message retransmis en direct et bien reçu. Quelques heures plus tard, une réponse par téléphone : la même voix, qui promet des instructions complémentaires.

Tous ceux qui ont des enfants et qui les aiment me comprendront, j'en suis sûr. Mon seul souci est de le retrouver sain et sauf le plus tôt possible.

Le lendemain, jeudi 14 avril, entre 12 et 13 heures, une lettre à l'intention de Roland Peugeot est déposée au bureau de poste de la rue de Montevideo, à deux pâtés de maison de l'avenue Victor-Hugo. Elle transite par le commissariat du quartier, rue de la Faisanderie, qui, tenu en respect par la violation de la correspondance privée, remet à contrecœur l'enveloppe intacte à son destinataire : « Rendez-vous à 16 heures précises devant le 57 de l'avenue des Ternes – prenez le soin de mettre un chapeau et des lunettes noires – mettez les fonds dans une mallette que vous tiendrez des deux mains devant vous – quelqu'un vous dira "gardez la clé" – n'échangez avec lui aucune parole, n'essayez pas de le suivre. »

Roland Peugeot ne souffle mot au commissaire Pierangeli. Il réunit les 50 millions avec l'aide de son père et part seul dans le 17e arrondissement. Avenue des Ternes, côté ombre, dos aux immeubles, il se tient droit, nerveux, les battements de son cœur lui explosent les tympans. Derrière lui, au numéro 57, une entrée s'enfonce dans le passage Doisy, reliant l'avenue à la rue d'Armaillé ; son rendez-vous peut arriver de n'importe où. En une fraction de seconde, la silhouette surgit, s'empare de la valise, repart. Roland applique les règles, ne tente rien, ne parle pas, ne se retourne pas, fixe ses chaussures. Il retourne se planter devant le téléphone et à 00h30, dans la nuit du jeudi au vendredi, la voix au bout du fil le rassure ; son fils va bien et lui sera rendu.

En une fraction de seconde, la silhouette surgit, s'empare de la valise, repart.

Une demi-heure plus tard, M. Lucien Bonnot, employé de perception jusqu'ici peu concerné par notre histoire, rentre à son hôtel par l'avenue Raymond-Poincaré, dans le 16e arrondissement toujours. Devant un café fermé, sur un trottoir désert, il voit un enfant en sanglots, blond comme les blés, une culotte grise à bretelles, un chandail rouge à manches courtes sur une chemise blanche. « Comment t'appelles-tu ? », demande-t-il. « Je m'appelle Éric Peugeot. »

“HORS DE QUESTION DE LAISSER IMPUNI UN CRIME DÉJÀ HISTORIQUE, PROPICE AUX ÉMULES.”

02
LES POUSSE-MÉGOTS

Sidéré, M. Bonnot le prend par la main et l'emmène dans le bar le plus proche où, devancé par sa soudaine célébrité, Éric est accueilli tel l'enfant-roi. Un coup de fil au comptoir plus tard, deux voitures de police l'escortent au commissariat rue de la Faisanderie et, au bout de la nuit, Roland Peugeot le tient dans ses bras. Le pays respire, voit le lendemain toute la famille réunie sur le perron du 170, avenue Victor-Hugo. « Je suis heureux, déclare le père, ce n'est pas la peine de vous dire combien, je pense que vous vous rendez compte suffisamment. Du fait d'avoir retrouvé notre enfant, c'est suffisant pour vous expliquer quelle joie nous avons, je n'ai pas trouvé d'autres mots pour le dire. […] J'ai agi sans la police, absolument seul, c'était probablement la seule façon d'arriver au résultat que nous avons obtenu. […] Je ferai un don aux enfants malheureux. »

Ladite police n'a que trop attendu et se lance affamée dans la traque. « Jusqu'ici, précise dans le journal *Le Monde* le commissaire Gillet, chef de la première brigade mobile, nous n'avons pas travaillé dans des conditions qui nous permettent d'avoir les coudées franches. Nous avons donné la priorité à des considérations humaines. Le premier résultat à obtenir était la restitution de l'enfant. Ce résultat est désormais acquis. […] Pour nous, à présent, l'affaire débute. » Hors de question de laisser impuni un crime déjà historique, propice aux émules. La neutralité consentie durant les négociations sème des regrets, celui de ne pas avoir été convié à la remise de la rançon, avenue des Ternes, où l'on aurait pu poster dans l'immeuble en face quelques policiers en civil, shootant au téléobjectif le mystérieux correspondant de Roland Peugeot. Reste une poignée de signalements approximatifs recueillis au golf de Saint-Cloud, insuffisants à l'élaboration d'un portrait-robot. Les mots du petit Éric, 4 ans, n'aident guère plus ; lui pensait être parti en vacances avec deux amis de son grand-père – très gentils ces messieurs. Il s'est bien amusé, a regardé la télévision autant qu'il le voulait, a mangé de la viande hachée, des pommes de terre et une quantité inavouable de chocolat. Pas de sévices, de trauma, juste l'odeur de la menthe sur un mouchoir, le souvenir d'une maison avec étage, le bruit des trains qui passent non loin, une arme accrochée sur un mur.

Depuis le jeudi 14 avril 1960, le commissaire Pierangeli et ses hommes travaillent sur commission rogatoire avec le juge Renard, l'information ouverte fait suite à la plainte contre X déposée par Jean-Pierre Peugeot. Si les siens n'aspirent désormais qu'à oublier, lui ne retrouvera pas le sommeil tant que justice ne sera pas rendue. Sûrement se sent-il responsable, lui, le grand-père sur le green, oubliant un instant ses petits-enfants. Il avait quelque peu pris les devants au moment de rassembler les 50 millions, relevant en douce les numéros des billets usagés pour les communiquer aux policiers. Leur liste est diffusée dans la presse, dans les banques et crédits, tout commerçant est incité à vérifier ses caisses. Aucun résultat. On se met aussi à rechercher cette fameuse 403 noire aperçue dans l'impasse, immatriculée 75 : sept modèles volés sont recensés, tous localisés, dont une carcasse brûlée sur un chemin de terre perdu dans l'Yonne. On sonde enfin les connaissances des Peugeot, leurs domestiques, leurs employés, ceux du golf de Saint-Cloud, les habitants des 16e et 17e arrondissements demeurant près des chemins de fer, en possession d'un poste de télévision.

Si les siens n'aspirent désormais qu'à oublier, lui ne retrouvera pas le sommeil tant que justice ne sera pas rendue.

L'affaire implique à des degrés différents 30000 policiers, tous les postes frontaliers et douaniers, toutes les compagnies de CRS, 600 commissariats, 3500 brigades de gendarmerie, comprendra 1 500 procès-verbaux, près de 3000 renseignements d'informateurs ou d'anonymes – dont les deux tiers vérifiés –, des pistes en Angleterre, en Espagne, en Turquie, aux États-Unis… Un an de travail colossal, d'errances et vérifications microscopiques… un an et rien, strictement rien. M. Pierangeli laisse sa place au commissaire Guy Denis ; une mutation sans rapport commentent certains, ou le résultat de la pression exercée par Jean-Pierre Peugeot, prêt à changer de méthode, à engager une agence spécialisée et couvrir de honte la police.

Attendu au tournant, le nouveau commissaire repasse au crible le dossier de son prédécesseur. Deux éléments retiennent son attention : les fameux courriers des ravisseurs d'abord, dactylographiés à l'encre rouge ; les experts ont relevé des caractères de type « élite » à espacement « pica », des marques d'usure sur certaines lettres, assez pour conclure : « Retrouvez la machine et son propriétaire, vous retrouverez l'auteur du rapt. » Quelques mois plus tôt, décembre 1960, l'Organisation internationale de police criminelle (OIPC), ou Interpol, glissait à la Sûreté un renseignement noyé parmi tant d'autres. Il provenait d'un indicateur immergé dans le milieu, signalant deux « pousse-mégots », deux petites frappes sans grande envergure qui, soudainement, s'étaient mises à vivre grand train depuis le mois d'avril dernier, période de l'enlèvement d'Éric Peugeot. Ils sont associés dans un trafic de juke-box et billards électriques, importés on ne sait trop comment au nom de la société l'Automatic européen. L'un s'appelle Pierre Larcher, 38 ans, repris de justice, sous le coup d'un mandat d'arrêt depuis l'automne 1959 pour tentative d'extorsion et violence – point sur lequel il faudra revenir. L'autre, un certain Raymond Rolland, 24 ans, travaille officiellement en tant qu'ouvrier typographe.

Récemment, il s'est inventé une particule, un nouveau nom : Roland de Beaufort, lit-on sur sa carte de visite. Ce nom-là circule beaucoup dans les casinos, les hôtels de luxe, les soirées huppées, de la Côte d'Azur à Saint-Germain-des-Prés… Celui d'un beau jeune homme, type flambeur, aussi généreux que secret sur sa fortune : l'héritage d'une aïeule, le succès fracassant de son Automatic européen ou on ne sait quel autre mensonge encore.

Deux « pousse-mégots », deux petites frappes sans grande envergure qui, soudainement, s'étaient mises à vivre grand train depuis le mois d'avril dernier, période de l'enlèvement d'Éric.

La coïncidence n'en est plus vraiment une lorsque les enquêteurs rendent visite à son ex-compagne. Elle tient une parfumerie rue de Richelieu, dans le quartier de l'Opéra à Paris. Au détour d'une question, Mme Ginette Bodras confesse que Raymond Rolland – ou Roland de Beaufort comme il préfère – lui avait emprunté l'année dernière, le 4 avril 1960, une machine à écrire, modèle Hermes S 2000, et qu'elle n'en a jamais revu la couleur. Au café des parents de Mme Bodras, les étiquettes des chansons du juke-box rédigées par leur fille sont comparées aux lettres écarlates ; mêmes espacements et caractères. À l'envoi, le commissaire Denis touche.

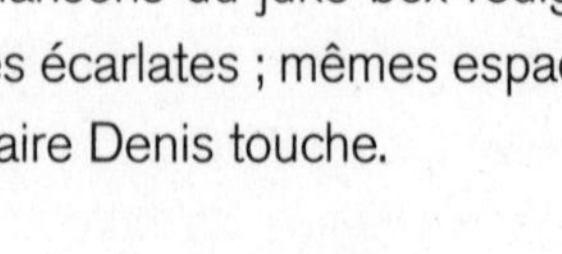

03
« SÉRIE NOIRE »

5 mars 1961, même pour un dimanche, on ne croise pas grand-monde dans les couloirs de l'hôtel de police de Lyon. Un journaliste du *Progrès* y possède ses entrées, creuse la question, et l'on finit par lui confier que le gros des troupes est mobilisé à deux heures d'ici, à Megève, station de ski des Alpes sur le massif du mont Blanc. Le commissaire Denis a fait le déplacement ; à 6 heures du matin, les forces de police sous ses ordres encerclent le chalet Les Six Enfants, loué, selon une information datant du mois dernier, par un groupe d'amis. Une bande nourrie, blanchie, logée à coups de chèques signés M. de Beaufort. C'est d'ailleurs lui, Raymond Rolland – évitons la confusion – qui leur ouvre la porte et déchante, arrêté sur-le-champ. On fait aussi connaissance avec sa compagne, Ingelise Bodin, jeune mannequin danoise, mais le compte n'y est pas : où sont les autres ? Le commissaire apprend rapidement qu'une Peugeot 404 noire (décidément !), immatriculée 4615 KD 75, a quitté précipitamment Megève, à l'aube, pressentant la fin des vacances. Reste devant le chalet une autre voiture, américaine, le coffre ouvert, et l'on comprend que le couple n'allait pas tarder à son tour. Les barrages de gendarmes quadrillent la Haute-Savoie et l'Ain, la 404 rapidement interceptée au niveau de Saint-Trivier-de-Courtes, à 30 kilomètres de Bourg-en-Bresse. Au volant, on a plaisir à reconnaître Pierre Larcher. Côté passager, siège Rolande Niemezyk. À l'arrière, un jeune étudiant en médecine, Jean-Simon Rotman, et Maryse Guy Mitsouko, artiste eurasienne, comédienne en devenir, celle qui, dans quatre ans, au risque de brûler les étapes, apparaîtra dans le pré-générique d'*Opération Tonnerre*, quatrième James Bond de l'ère Sean Connery. La troupe est emmenée à Annecy, au siège de la brigade mobile, les interrogatoires se préparent. Des reporters s'empressent de recueillir

“LUI, C’EST LE MONDE QU’IL VEUT MANGER, ET POURQUOI PAS FINIR UN JOUR DANS LES PAGES DU *BOTTIN MONDAIN*.”

la réaction de Roland Peugeot qui, cela ne s'invente pas, séjournait au même moment, au même endroit, avec les siens dans un autre chalet megévan. Il apparaît mitigé, un peu sceptique, découragé par onze mois d'une enquête aux pistes trop souvent décevantes.

Mardi 5 mars, au matin, juste avant la fin des 48 heures de garde à vue prescrites, Raymond Rolland craque en premier, reconnaît tout : l'utilisation de la Hermes S 2000 de Ginette Bodras pour les deux courriers, le rapt du petit Éric au golf de Saint-Cloud, sa présence avenue des Ternes à la remise de la rançon… Il ne se prive pas d'accabler son binôme, désigné comme instigateur. Le commissaire Denis apprécie ; Pierre Larcher, entendu dans une autre pièce, se montrait bien moins loquace, sans doute plus habitué à envoyer paître un policier. Devant le fait accompli, fou de rage puis résigné, il confirme, tout.

Rolland craque en premier, reconnaît tout : l'utilisation de la Hermes S 2000 de Ginette Bodras pour les deux courriers, le rapt du petit Éric au golf de Saint-Cloud, sa présence avenue des Ternes à la remise de la rançon…

À Versailles, le juge Renard les attend de pied ferme. Leurs amis, inculpés dans un premier temps de complicité d'enlèvement et recel, bénéficieront d'une ordonnance de non-lieu. Maryse Guy Mitsouko avait été mise hors de cause dès les premières auditions à Annecy ; au mauvais endroit au mauvais moment, complètement étrangère à cette affaire. Rolande Niemezyk se présente comme l'amante de Larcher : 19 ans, placée en foyer depuis ses 5 ans par un tribunal pour enfants. Elle avait réussi à s'enfuir, atterrir à Paris, vendait ses charmes jusqu'à le rencontrer. Après le rapt, Larcher se met à l'aider, financièrement, et Mme Niemezyk, si peu gâtée dans sa vie, ne cherche pas à comprendre d'où provient cet argent. Guère plus âgée, Ingelise Bodin avait, elle, quitté le Danemark pour devenir actrice. L'été 1959, elle croise Raymond Rolland dans un bar de Saint-Germain-des-Prés et ils tombent amoureux. En avril 1960, elle s'était inquiétée de cette soudaine opulence et en réponse, Rolland fabulait ou se mettait en rogne. Jean-Simon Rotman enfin, eut la sage idée de jouer les prête-noms en mettant à disposition son compte bancaire ; Rolland et Larcher prétextaient dissimuler des fonds au fisc, anticiper la venue d'un divorce. Un peu lunaire, un peu bonne pâte, le jeune étudiant a couvert une partie des 50 millions d'anciens francs sans jamais le savoir ni en tirer un quelconque bénéfice.

Reste le noyau dur, le tandem, et vient le moment de ressortir du tiroir le mandat d'arrêt émis à l'automne 1959 à l'encontre de Pierre Larcher. À l'origine, l'un de ses associés de l'Automatic européen, un certain Pierre Laigneau, se sert copieusement dans un stock de billards importés d'Allemagne : des centaines de milliers de francs qu'il refuse de restituer. Larcher, que l'on devine peu patient, en vient aux menaces et aux coups, à la promesse d'enlever son enfant en guise de gage. Laigneau se protège et porte plainte, provoquant la fuite de son dangereux créancier. La promesse chemine chez Larcher ; dans une librairie, il croise puis dévore d'une traite un roman de la « Série noire », collection de Gallimard, publié en 1955 et intitulé *The Snatchers*, *Rapt* dans sa version française. Son auteur américain Lionel White, saisi par l'affaire du bébé Lindbergh, en avait repris les rouages : le mode opératoire des ravisseurs, une gamine enlevée, une lettre envoyée aux parents… La traduction française de cette lettre, Larcher la reprendra mot pour mot, ou presque ; il remplace le nom des Wilton par celui des Peugeot, le FBI par la police, les dollars par les anciens francs et le copain Gino, « le type très bien mais un peu dingue », est rebaptisé Dédé. Il s'imprègne constamment de ce qu'il lit, de ce qu'il voit. Le rendez-vous avenue des Ternes avec Roland Peugeot n'est pas fixé au hasard : le 10 avril 1960, sortait en salles un film de Claude Sautet, *Classe tous risques*. Jean-Paul Belmondo y incarne un jeune convoyeur, chargé de planquer un Lino Ventura en cavale dans sa chambre de bonne, située dans le passage Doisy.

Raymond Rolland finit par rejoindre la combine, effectue ses devoirs de lecture. Kidnapper un enfant, d'accord, mais lequel ? Pour se décider, ils piochent dans un autre ouvrage, le *Bottin mondain*, annuaire des familles françaises les plus prestigieuses sélectionnées chaque année. Le choix se porte finalement sur les Peugeot. Qui d'autre ? En pleine période des Trente Glorieuses, la firme automobile roule sur la concurrence, compte 20 000 employés, fabrique 200 000 unités par an. Les préparatifs se poursuivent, les repérages, les allées et venues des grands-parents et petits-enfants au golf de Saint-Cloud, le grillage de la brèche à sectionner, le cadenas de la barrière du terrain voisin. Quelques jours avant de passer à l'acte, ils empruntent la 403 noire d'un officier du centre de commandement militaire des forces européennes de l'OTAN. Le 12 avril 1960 enfin, peu avant 17 heures, ils stationnent dans l'impasse. Larcher laisse le moteur tourner, Rolland s'en va récupérer le petit. Une heure plus tard, ils débarquent dans une villa isolée d'Épiais-Rhus, commune de Seine-et-Oise. En septembre 1959, sous le coup de la plainte déposée par Pierre Laigneau, Larcher cherchait à se mettre au vert, loin de la capitale, et avait répondu à la petite annonce d'un couple, les Nicot, louant leur maison pour 30 000 francs par mois. Là, les deux hommes et l'enfant demeurent pendant 48 heures. Aucun train ne circule dans les environs, Éric entend en réalité les moteurs d'avions des pilotes d'Air France, en entraînement sur le terrain de Cormeilles-en-Vexin. Dans la nuit du 15 au 16 avril, une fois les 50 millions empochés, ils le déposent avenue Raymond-Poincaré, lui conseillent d'entrer dans un café, de hurler son nom. Timide, il s'est plutôt planté sur le trottoir, en larmes jusqu'à la venue de M. Bonnot.

Les jours suivants, Rolland et Larcher gardent la tête froide – pas pour longtemps – et attendent que les journaux publient la liste des billets recensés. Ils trient ceux dont les numéros n'ont pas été relevés, dégagent six millions d'anciens francs. À l'arrivée, tentés par le diable, ils « mangeront », pour reprendre leur expression, 43 des 50 millions extorqués : investissement discret pour Larcher, acquisition de 30 hectares et d'une ferme dans l'Oise, coupée de ses semblables. Voitures et veillées luxueuses pour Rolland, ivre d'ascension sociale. Lui, c'est le monde qu'il veut manger, et pourquoi pas finir un jour dans les pages du *Bottin mondain*.

04
PHOTO SOUVENIR

Reste-t-il un sujet de débat, une zone d'ombre à l'ouverture du procès aux assises de Versailles, en octobre 1962 ? On l'a cru, oui, brièvement. Un an plus tôt, en pleine instruction, le juge Renard recevait une lettre de Pierre Larcher, rédigée depuis sa cellule à la prison Saint-Pierre. Cette fois-ci, son contenu ne doit rien à Lionel White ou Claude Sautet, bien qu'il y ait là matière à un très bon polar. Les rôles y sont redistribués, Larcher se dédouane, affirme avoir été impliqué dans l'enlèvement d'Éric par Rolland, agissant lui sous les instructions d'une tierce personne : la véritable instigatrice du kidnapping. Invité par le magistrat à s'exprimer, Rolland lâche le morceau. Retour en octobre 1959 quand, à le croire, il se rapproche et entame une liaison avec Colette Peugeot, cousine par alliance du clan, en très mauvaise posture. Un maître-chanteur détiendrait d'elle des photos compromettantes prises lors d'une partie fine, et lui réclamerait en échange 10 millions. La solution, selon Colette, serait d'enlever un enfant des Peugeot, d'en exiger 50 millions,

“

UN MAUVAIS RÊVE DONT ÉRIC
NE GARDE PLUS SOUVENIR, HORMIS
UNE PHOTO DE SES RAVISSEURS.

”

somme sur laquelle elle touchera sa commission. Par son intermédiaire, un troisième individu intègre l'équipe, un certain Pietri, bien au fait de la vie des Peugeot, de leurs après-midi à Saint-Cloud… D'un coup d'un seul, Pietri devient l'homme à tout faire : les préparatifs, l'écriture des lettres, le correspondant de Roland Peugeot avenue des Ternes… c'est lui, ce n'est que lui. Rolland et Larcher sont relégués, tout juste bons à faire revenir des pommes sautées dans une poêle à Épiais-Rhus. La nouvelle version délivrée, parfum de scandale et gros titres assurés, s'étiole à mesure que M. Renard procède à quelques vérifications. Ledit Pietri n'existe guère, et les incohérences au sujet de Colette Peugeot sont légion. On dit qu'elle possède une voiture mais elle n'a même pas son permis. On décrit une soirée dans un restaurant où elle aurait eu un malaise en public ; des témoins présents ne la reconnaissent pas, décrivent une tout autre femme au bras de Rolland. Les deux inculpés sont finalement confrontés dans le bureau du juge, peinent à accorder leurs violons et en viennent aux mains. On ne les y reprendra plus. Lundi 29 octobre 1962, au premier jour d'audience, ils se rétractent et assument aux assises : Colette Peugeot, ce n'était rien que du vent, assure l'un, il n'en sera plus jamais question, ajoute l'autre.

Les faits, rien que les faits, reconnus qui plus est ; travail mâché pour les avocats de la famille Peugeot, Mes Chresteil père et fils, qui n'ont qu'à surligner la violence des mots rouges sur les courriers, les 48 heures traumatisantes, l'insoutenable attente des parents. Le calvaire s'est poursuivi bien après, dans la presse, calomniant Roland Peugeot puis Colette, à mesure que les deux accusés brodaient un récit moins lourd à porter. La véritable menace que représentent Larcher et Rolland constitue un point crucial ; d'une part, l'expertise psychiatrique commandée par leur défense assure une réinsertion certaine en société, de l'autre, les réserves de la partie civile : qu'auraient-ils fait une fois les 50 millions engloutis ? Travailler honnêtement ou replonger dans le *Bottin mondain* à la recherche d'une prochaine victime ?

“D’UN COUP D’UN SEUL, PIETRI DEVIENT L’HOMME À TOUT FAIRE : LES PRÉPARATIFS, L’ÉCRITURE DES LETTRES, LE CORRESPONDANT DE ROLAND PEUGEOT AVENUE DES TERNES... C’EST LUI, CE N’EST QUE LUI.”

L'avocat général réclame vingt ans de réclusion criminelle, le maximum de la peine encourue. L'unique parade consiste à dissocier les responsabilités. Raymond Rolland n'a pas les épaules d'un vrai malfrat, fils de mineur sans diplôme, ni casier. Jean-Marc Théolleyre, chroniqueur judiciaire pour *Le Monde*, rapporte les propos de son avocat, Me Tixier-Vignancour : « Rolland, certes, a fait beaucoup de choses, comme un nigaud, mais il y a une chose qu'il n'a pas faite et elle a son importance : il n'a pas écrit la lettre exigeant la rançon. Il n'en a même pas connu la teneur exacte. Lorsqu'il a pris la première pour la poser au pied du toboggan, elle était déjà cachetée par Larcher. » Et il énumère : « Qui a dit d'acheter un *Bottin mondain* ? Larcher. Qui a voulu une maison à Épiais-Rhus ? Larcher. Qui téléphone ? Qui enlève l'enfant ? Qui prend la rançon ? Rolland. »

Rolland le nigaud, l'exécutant. À ses côtés son aîné, Pierre Larcher, qui conserve au fil des jours d'audience un calme inquiétant, un visage minéral et massif qui ne bronche pas. Le contraste est saisissant, la dynamique évidente, dominant-dominé. Au soutien de Larcher, on retrouve Me Floriot, celui qui, neuf ans plus tôt, depuis le camp adverse, envoyait Pauline Dubuisson aux travaux forcés à perpétuité, appliquant sa thèse glaciale. Il se montre aussi redoutable à la défense, plonge son auditoire dans le passé de son client. Pupille de la nation, les ennuis commencent à 19 ans, sous l'Occupation ; il travaille alors dans un magasin de bicyclettes. Des trafiquants l'approchent, il en vole quatre pour leur compte : arrêté, jugé, quatre ans de prison, remis aux Allemands, déporté dans un camp de travail en Pologne où il tient jusqu'à la Libération. « Les psychiatres, avance Me Floriot, nous ont parlé du choc qu'avait subi le jeune Éric Peugeot du fait de son enlèvement et certes je ne le conteste pas. Mais si ces mêmes psychiatres avaient eu l'occasion d'examiner Larcher au moment de sa jeunesse, ils auraient pu également parler à son endroit d'un mauvais départ dans la vie. » La carapace se fissure et Pierre Larcher, bouleversé à l'évocation de son parcours, fond en larmes, incapable de dire un dernier mot à la fin des débats. Les jurés ne cèdent pas à l'émotion, guidés par les réquisitoires qui insistent : ne leur accordez aucune pitié, parce qu'un père et une mère ont été torturés, parce que le crime jugé ici est inédit et qu'il ne doit jamais se reproduire. En une demi-heure, ils prennent leur décision : Raymond Rolland et Pierre Larcher sont condamnés à vingt années de réclusion criminelle.

À terme, les psychiatres auront vu juste : en prison, Rolland étudie, obtient des diplômes et enseignera le droit à sa sortie en 1973. Larcher lui emboîte le pas deux ans plus tard et se fait employer dans le milieu de l'édition. Les deux aspirent à l'oubli, à l'instar d'Éric Peugeot, qui grandit normalement, nullement affecté par le drame. Il a une trentaine d'années en avril 1986, lorsqu'il apparaît dans *Le Temps des otages*, une émission diffusée sur TF1, réalisée par Christian Brincourt et Jean-Pierre Ferret. C'est la première fois qu'il s'exprime sur le sujet, ce sera également la dernière : « Je dirais que le seul problème, si problème il y a, c'est celui-ci effectivement : lorsque les gens m'abordent, ils regardent Éric Peugeot, ils regardent "le petit qui..." » Un mauvais rêve dont il ne garde plus souvenir, hormis une photo de ses ravisseurs, conservée en permanence dans sa voiture afin qu'à tout moment, il puisse les reconnaître s'il vient à les croiser.

04
LA MORT MYSTÉRIEUSE DE ROBERT BOULIN

1979, RAMBOUILLET

Voilà deux bonnes heures que gendarmes et policiers du SRPJ ratissent la forêt de Rambouillet, ce matin du 30 octobre 1979. Depuis 6 h 25, la diffusion d'un avis de recherche aiguille leurs patrouilles sur les traces « d'une haute personnalité susceptible d'attenter à ses jours ». À 8 h 40, deux motocyclistes lassés de tourner en rond s'arrêtent au bord de l'étang Rompu, entre Saint-Léger-en-Yvelines au nord et Montfort-l'Amaury au sud. Non loin sur la berge, stationne une 305 Peugeot bleue correspondant au signalement. Le conducteur leur apparaît au beau milieu de la mare, costume et cravate trempés, le corps immergé aux trois quarts, à genoux, le dos courbé tel un fidèle en prière.

01

LA BOULETTE DE BOULIN

9h10, les renforts débarquent, tout s'accélère. Des pompiers repêchent le noyé, le déposent sur le rivage, constatent son décès. Des hommes en civil, substituts du procureur, mènent la danse : défense de toucher à quoi que ce soit, le SRPJ prend le relais sous la houlette d'Alain Tourre. Un hélicoptère surgit, embarque le corps et s'envole vers l'institut médico-légal à Paris, où la nouvelle commence à s'ébruiter. 9h34, une dépêche de l'AFP atterrit dans toutes les rédactions. À l'Élysée, lors du Conseil des ministres, une chaise vide annonce le pire. Valéry Giscard d'Estaing arrive sans mot dire, un huissier lui apporte un courrier. Il le lit en silence, laisse passer un ange et dit : « J'apprends que votre collègue s'est suicidé la nuit dernière. » M. Robert Boulin, 59 ans, ministre du Travail et de la Participation, est donc mort. Avec un léger retard, sa lettre posthume parvient les jours suivants à une poignée de privilégiés, dont Jacques Chaban-Delmas, ancien Premier ministre, Alain Peyrefitte, le commissaire de la police de Neuilly et quelques journalistes : « Messieurs, écrit-il, j'ai décidé de mettre fin à mes jours. Une grande partie de ma vie a été consacrée au service public. Je l'ai fait scrupuleusement, désirant en toute occasion demeurer exemplaire. Or, voici que la collusion évidente d'un escroc paranoïaque, mythomane, pervers, maître-chanteur et d'un juge ambitieux, haineux de la société, considérant a priori un ministre comme prévaricateur, et de certains milieux politiques où hélas mes propres amis ne sont pas exclus, aboutit, pour ma part à auditions, campagne de presse et suspicion. »

« J'apprends que votre collègue s'est suicidé la nuit dernière. »

Le 17 octobre dernier, il se trouvait dans le collimateur de l'hebdomadaire *Minute*, titrant son article « Boulin a fait la belle boulette », précédant *Le Canard enchaîné* puis *Le Monde*. Tous révèlent les dessous d'une opération immobilière complexe, et on ne saurait déterminer si M. le Ministre en est la victime ou le complice. En 1974, il achète un terrain de 2 hectares au Val de Bois, lieu-dit à Ramatuelle, petite commune varoise. Il obtient l'autorisation d'y bâtir une maison basse de 185 m^2, la vente se conclut au mois de juillet, aussitôt contestée par des promoteurs normands. Les 2 hectares vendus empiètent sur leurs terres. On demande aux Normands leurs actes mais, comme par hasard, le bureau des hypothèques de Draguignan n'en connaît pas l'existence. Cinq ans plus tard, le juge Renaud Van Ruymbeke écope de sa première affaire et tente de démêler la pelote du Val de Bois. À l'origine, le rôle clé est joué par Henri Tournet, ancien résistant, puis haut fonctionnaire, proche des Boulin. Dans les années 1960, il fait fructifier ses affaires, acquiert 36 hectares de garrigue varoise, s'amuse à les céder, puis à les reprendre auprès de plusieurs propriétaires : il vend à des promoteurs, à son ami le ministre, il vend même à une société de Genève, Holitour, dont on raconte qu'il serait l'actionnaire majoritaire. La question est donc de savoir si Robert Boulin avait connaissance ou non de l'imbroglio. Inculpé, Tournet prétend que oui, que son ami a obtenu son terrain gratuitement, en échange du permis de construire que ses interventions à la préfecture auraient facilité. Le 30 octobre 1979, le magistrat demande l'accès aux comptes bancaires du ministre qui, coup de théâtre, met fin à ses jours.

L'étalage de l'affaire Ramatuelle surgit avec un timing redoutable. À deux ans des présidentielles, le gouvernement de Raymond Barre pique du nez dans les sondages et à droite, la guerre fait rage. D'un côté, Jacques Chirac, retranché dans la mairie de Paris, ne manque pas une occasion de discréditer le pouvoir en place. De l'autre, Giscard d'Estaing songe à remplacer son Premier ministre, à nommer un membre du RPR prompt à calmer les hostilités. Robert Boulin serait apparu comme le candidat idéal, à la carrière exemplaire : gaulliste de la première heure, ancien résistant, d'abord député-maire de Libourne, secrétaire d'État, puis neuf fois ministre sous trois mandats différents. Des rivaux au sein du même parti ont-ils pu empêcher la montée en grade, instiller dans la presse de quoi ternir l'image de l'heureux élu ? C'est la saison des fuites, en ce moment : les diamants de Bokassa en octobre, la villa de Raymond Barre à Saint-Jean-Cap-Ferrat en septembre… Mieux vaut ne pas avoir quelque chose à se reprocher, sous peine de devoir sauver l'honneur et s'abandonner dans un étang de forêt. La jurisprudence Roger Salengro rend l'issue probable ; dans les années 1930, ce ministre du Front populaire, ne supportant plus les calomnies des journaux, ouvrit les gazinières de son appartement tout en rédigeant : « S'ils n'ont pas réussi à me déshonorer, du moins porteront-ils la responsabilité de ma mort. Je ne suis ni un déserteur ni un traître. »

Quarante ans plus tard, Pierre Hunt, porte-parole de l'Élysée, garde peut-être en mémoire cette tragédie d'après-guerre lorsqu'il s'exprime publiquement, à la mort de son confrère : « Il n'a pas pu résister à la campagne harcelante dont il a été l'objet. » Les rédactions se défendent, n'ont fait que leur travail, nul ne les contredit. Dans le paysage politique, le silence règne, rares sont ceux qui le brisent. Il y a le RPR qui, face aux rumeurs, dément être à l'origine des fuites de l'instruction du juge Van Ruymbeke. Il y a Jacques Chaban-Delmas qui, lui, ne mâche pas ses mots devant l'Assemblée : « Robert Boulin nous a quittés, mettant fin à une existence entièrement consacrée aux autres. Il a dû subir une campagne de dénigrement, d'autant plus dure à supporter qu'elle visait un honnête homme, un homme intègre. Puissions-nous méditer pour tirer les leçons de ce drame, de cet assassinat. » Le mot est lâché, son emploi pourrait prêter à confusion. Après tout, M. Boulin, certes affecté par le scandale, ne donnait pas l'impression d'avoir baissé les bras. Au contraire, le 21 octobre, au micro

“ DES RIVAUX AU SEIN DU MÊME PARTI ONT-ILS PU EMPÊCHER LA MONTÉE EN GRADE, INSTILLER DANS LA PRESSE DE QUOI TERNIR L'IMAGE DE L'HEUREUX ÉLU ? ”

d'Europe 1, il l'expédie, le problème Ramatuelle : « Je suis transparent dans cette affaire : je suis allé devant un notaire, j'ai passé un acte authentique, j'ai payé, j'ai transcrit. Bon, il y a une instance pénale, je n'y suis pas partie. Il n'y a pas d'instance civile contre moi, mon terrain n'est pas menacé ; qu'est-ce que vous voulez que je réponde ? Je laisse parler les gens, j'ai l'âme et la conscience tranquilles, et j'ai été exemplaire, peut-être plus encore que vous ne le pensez, parce qu'il y a des choses que je ne peux pas dire ici. » Oui, à l'en croire, il avait plutôt choisi la riposte.

02
GUEULE CASSÉE

La veille de sa mort, 29 octobre 1979, Robert Boulin fait du tri dans ses papiers. Après une matinée de travail, il annule la plupart de ses rendez-vous, quitte le ministère à 15 h 10, des documents sous le bras. Son chauffeur, et garde du corps, le conduit jusqu'à son domicile de Neuilly-sur-Seine, l'aide à y transporter une pile de dossiers et repart ; il n'en saura pas plus. Vers 16 heures, un pompiste porte Maillot affirme avoir servi le ministre, seul au volant de sa voiture personnelle, une 305 bleue. 16 h 30, un passant le reconnaît à pied dans les rues de Montfort-l'Amaury, en train de poster du courrier. À Neuilly, le soleil se couche et Colette Boulin, ne voyant pas son mari rentrer à la maison, commence à s'inquiéter. À 20 heures, Patrice Blank, son attaché de presse, lui aussi anxieux, appelle ; le ministre a manqué leur réunion. D'autres collaborateurs se présenteront au domicile des Boulin, transformé l'espace d'une nuit en scène de théâtre, où défilent ces personnages peu loquaces : ils entrent côté Jardin, sortent côté Cour, par l'escalier de service. Vers minuit, on remarque dans la corbeille du bureau le brouillon déchiré d'une lettre : « J'envisage de me noyer dans un étang de la forêt de Rambouillet, où j'aimais beaucoup faire du cheval. Ma voiture 305 Peugeot est immatriculée 651 GX 92. » Alerte rouge. Colette Boulin, son fils et son gendre contactent le ministère de l'Intérieur, puis Matignon. Des lumières se rallument, des téléphones sonnent, des casernes s'activent et, au petit matin, Robert Boulin est retrouvé à l'étang Rompu, accroupi et sans vie.

Une soirée pleine d'ombre, de mystère. Il y a déjà de quoi spéculer : que contiennent les dossiers du ministère exfiltrés plus tôt ? Où sont-ils passés ? Que viennent faire ces visiteurs nocturnes à Neuilly ? Pourquoi les recherches n'ont-elles pas démarré avant 6 h 25 ? Si l'investigation du commissaire Alain Tourre parvient à éluder chacune des questions, elle ne prend pas la peine de partager ses réponses. Trois semaines plus tard, le 21 novembre 1979, l'affaire est bouclée, le rapport livré : « Suicide par noyade précédé d'une forte absorption de Valium. » L'autopsie détecte un œdème du tissu pulmonaire, remarque un liquide clair contenu dans l'estomac. Un examen toxicologique mesure 1,2 mg de diazépam par litre de sang. La radioscopie, pratiquée de la tête aux pieds, ne relève la présence d'aucun projectile. Il aurait plongé la tête sous l'eau jusqu'à perdre connaissance, après avoir ingurgité une bonne dose d'anxiolytique. Pendant trois ans, on a cru que la famille Boulin avait accepté cette version. En juin 1983, elle la conteste finalement, dépose une plainte contre X pour homicide volontaire.

Après avoir bataillé ferme, elle obtient enfin un droit de regard sur le dossier d'enquête, notamment les photos du défunt, prises en forêt de Rambouillet. En plan large, on l'observe étendu au bord, le bras droit légèrement relevé, figé, un air de dormeur du Val. En plan serré, apparaît sur les clichés un visage méconnaissable, lèvres éclatées, longue plaie sur le nez. Une trogne de boxeur, décrivent certains. Depuis le début, la famille semblait accepter l'idée d'un suicide, celui d'un homme voulant à tout prix éviter que l'on traîne sa réputation dans la boue. Désormais, la veuve Boulin change de cap : « N'avez-vous pas envie parfois de laisser votre mari dormir en paix ? », lui demande une journaliste à la télévision. « Je pense qu'il dormira en paix le jour où je dormirai en paix. » En attendant, le mari est exhumé en janvier 1984, repasse sur le billard, cette fois à l'hôpital Pellegrin, à Bordeaux. Les légistes girondins vont s'adonner à un exercice périlleux, consistant à ne pas remettre en cause les conclusions de la première autopsie, sans pour autant éluder ses manquements.

En ouverture, mauvaise surprise, ils constatent sur le cadavre des soins de conservation, un début d'embaumement que les proches n'ont jamais demandé, dont la toxicité des produits risque de fausser quelques analyses. Autre déconvenue, il ne reste pas grand-chose à l'intérieur : les médecins ont procédé en 1979 à une série de prélèvements, d'organes et de sang, et on ne retrouve aucun bocal. Où sont passés les larynx et pharynx, la langue, les poumons ? Comment certifier une noyade si les poumons ont disparu ? Impossible de vérifier la présence d'eau, preuve irréfutable que le sujet était vivant au moment de s'immerger. Impossible également de mesurer la teneur en diatomée, algue microscopique, de la comparer avec celle de l'étang Rompu. A priori, il n'existe pas de réelle contradiction entre les rapports parisiens et bordelais, la seule différence concerne le visage tuméfié. La seconde autopsie y note deux fractures au niveau de la pommette, l'os malaire gauche et du nez. Elles étaient initialement passées inaperçues, en l'absence d'un véritable examen du crâne. Pourquoi s'en être privé, d'ailleurs ? L'ordre serait venu du procureur de Versailles, le même qui avait dessaisi les gendarmes au profit du SRPJ, de concert avec la famille, encore sous le choc, désireuse peut-être de ne pas trop amocher leur proche.

Toujours est-il que les blessures ne s'expliquent guère : on voit mal M. Boulin se fracturer le nez en plongeant dans la vase. Officiellement,

“

PENDANT TROIS ANS,
ON A CRU QUE LA FAMILLE BOULIN
AVAIT ACCEPTÉ CETTE VERSION.
EN JUIN 1983, ELLE LA CONTESTE
FINALEMENT.

”

on blâme les pompiers qui, ayant peiné à repêcher le malheureux, ont pu accidentellement laisser sa tête cogner contre un rocher. Les légistes bordelais contredisent l'hypothèse dans leurs constatations : « Nous estimons qu'il y eut traumatisme appuyé du massif facial du vivant de Robert Boulin, pouvant correspondre à un choc direct, ou à une chute sur une substance dure ou contondante. » Les lividités cadavériques posent enfin problème : ces taches cutanées apparaissent une dizaine d'heures après le décès, le sang afflue sous l'effet de la pesanteur, forme des marbrures, des indices sur la position dans laquelle un individu succombe. Ici, les lividités occupent la face postérieure du corps, or ne l'a-t-on pas découvert accroupi, le visage abaissé, le dos courbé ? Logiquement, les taches devraient se situer au niveau du ventre, de l'abdomen, ou bien il faut admettre que le corps a été déplacé entre sa mort et sa pose finale dans la mare.

03
LES FAILLES

Des poumons qui se volatilisent, des fractures qui ne trouvent pas justification, des taches brunes qui méprisent la gravité et, malgré tout, la même conclusion. 20 septembre 1991, l'instruction se clôt et délivre un non-lieu : une fois pour toutes, M. Boulin s'est noyé dans 50 centimètres d'eau. Puisque la justice ne souhaite pas approfondir, des enquêteurs indépendants reprendront le flambeau, à l'instar de Benoît Collombat, journaliste pour France Inter. En 2015, il débusque un témoin exclusif, affirmant avoir reconnu Robert Boulin le jour de sa disparition, aux alentours de 17 heures, à Montfort-l'Amaury, dans sa voiture et accompagné ; le ministre est assis côté passager, un homme conduit, un autre siège sur la banquette arrière. Sitôt prévenue, la famille relance la partie, dépose

“

M. BOULIN S’EST NOYÉ
DANS 50 CENTIMÈTRES D’EAU.

”

une autre plainte qui aboutit le 4 août 2015 à l'ouverture d'une nouvelle information judiciaire pour « arrestation, enlèvement et séquestration suivis de mort ou assassinat ». On se souvient du pompiste de la porte Maillot, puis du passant de Montfort : tous deux ont vu le ministre, seul conducteur, expédiant plus tard son courrier devant le bureau de poste. Qu'en est-il de ses compagnons de route ? On revient aussi sur sa lettre, peut-être pas si posthume que ça. L'original manque à l'appel, on ne peut qu'étudier des photocopies, suffisantes à nourrir des soupçons : l'en-tête correspond au ministère du Travail, or, M. Boulin officiait à sa mort au Travail et à la Participation, la nuance compte, le papier date. Le contenu, dactylographié, est annoté de mentions manuscrites. Si ces dernières correspondent formellement à son écriture, la mise en page intrigue ; la première phrase, « J'ai décidé de mettre fin à mes jours », apparaît décalé par rapport au corps du texte, comme ajoutée a posteriori par quelqu'un souhaitant détourner le sens d'un brouillon, d'une réponse à la presse au sujet de l'affaire Ramatuelle par exemple. Il suffit de modifier l'entame, personnaliser la conclusion, l'illusion est parfaite.

Toujours en cours aujourd'hui, l'instruction prend son temps. Fabienne Boulin-Burgeat, fille du ministre, a pris le relais depuis la disparition de sa mère, s'efforce de tenir en vie un dossier qui accuse son âge. Au fil des années, des décennies, des témoins brisent l'omerta : attendaient-ils la retraite pour parler, ou un trop-plein de culpabilité ? En 2002, l'émission *90 minutes* de Canal+ entend le colonel de gendarmerie Jean Pépin, ayant dirigé son équipe à l'étang de Rambouillet, le 30 octobre 1979. Il se souvient de traces de pas, allant et venant de la 306 à la berge, assez contradictoires avec l'idée d'un homme parti pour se noyer. En 2011, Francis Deswarte, chef à la brigade motorisée de Poissy, lui aussi présent sur les lieux, se confie au quotidien *20 Minutes* : « Je suis catégorique. Robert Boulin n'est pas mort noyé. Ce n'est pas possible. Il était quasiment à quatre pattes, la tête hors de l'eau. Ma conviction, c'est qu'il tentait de ramper jusqu'à la berge. » Le docteur Bourbonnais, médecin urgentiste et réanimateur, débarqué avec les pompiers, participe à une reconstitution citoyenne en 2019, organisée par Mme Boulin-Burgeat et son avocate, Me Marie Dosé. Montrant du doigt le point d'eau, il décrit : « C'est pas très profond ici, mais quand même : un noyé il coule, le noyé il avale de l'eau, donc le corps est au fond, et remonte quelques jours, quelques semaines après, avec la libération des gaz. » En 2017, dans un numéro d'*Envoyé spécial*, Bernard Fonfrède, proche collaborateur de Robert Boulin à Libourne, prétend que des membres du SAC, mandatés par le RPR, auraient embarqué à la mairie ses archives et correspondances, brûlant le tout dans une usine de pâte à papier. Le geste a-t-il un lien avec les documents délogés du ministère ? Oui, estime le fils Boulin, Bertrand, qui ne cesse de répéter aux médias que son père, auparavant ministre du Budget et des Finances, devait forcément être au courant de quelques casseroles : pêle-mêle, il cite le Groupe Dassault, Elf Aquitaine, l'Arabie saoudite, la Sécurité sociale détournée… Le scénario tient debout. Éclaboussé par le scandale Ramatuelle, Robert Boulin aurait rencontré ses maîtres-chanteurs au soir du 29 octobre 1979, avant que les négociations ne dégénèrent… En 2022 et à contre-courant, Gilles Leclair, ancien adjoint du groupe criminel de la PJ de Versailles, remet en cause toutes ces déclarations, celles convergeant à l'unisson vers la thèse d'un assassinat ou, du moins, un suicide définitivement douteux. « Il faut vendre du Boulin », lance-t-il au micro de *L'Heure du Crime*, sur RTL. Pourquoi pas ; toutes ces personnes qui, quarante ans après, enchaînent les révélations inédites ne chercheraient-elles pas à surfer sur la tendance d'une affaire exceptionnelle qui rechigne à délivrer ses secrets ? Précisons que M. Leclair se prête dans un même élan à la promotion de son livre, *La Vérité sur l'affaire Robert Boulin* ; n'en vend-il pas un peu lui aussi ?

Qui dit la vérité ? Qui romance ses souvenirs ? Compliqué de trancher, tracer une ligne claire où s'accorde chaque voix. Un détail que l'on doit à M. Collombat demeure le plus troublant, celui qui alimente la flamme. Il se trouve qu'une poignée de personnalités importantes au sein de l'État aurait appris la mort de Robert Boulin de façon prématurée. Dans la nuit du 29 au 30 octobre, Yann Gaillard, directeur de cabinet du ministre, se voit convoqué dans le bureau de Philippe Mestre, lui-même directeur du cabinet de Raymond Barre. Sur le PV de M. Gaillard, on lit : « À 2 heures du matin, M. Mestre reçoit un appel téléphonique et son interlocuteur lui apprend que le corps du ministre vient d'être découvert. » M. Barre confirme dans ses mémoires, *L'Exercice du pouvoir* : « À 3 heures du matin, on me réveille pour m'annoncer que l'on a retrouvé le corps de Boulin dans un étang de la forêt de Rambouillet. Il s'est donné la mort en se jetant à l'eau après avoir avalé des barbituriques. » Au risque de se répéter, si le cadavre est localisé au beau milieu de la nuit, pourquoi s'encombrer après coup d'un avis de recherche, mobilisant gendarmes et policiers à 6 h 25 du matin ? Pourquoi ne pas prévenir Colette Boulin, son fils et son gendre, incapables de fermer l'œil ? Et pourquoi s'encombrer d'une enquête décès, d'une autopsie à l'institut médico-légal si, d'emblée, le Premier ministre lui-même est informé de tous les détails ? Si complot il y a, on n'en a jamais vu d'aussi tentaculaire et poreux à la fois : solliciter l'implication des forces de l'ordre, des médecins, des hommes de l'État, prendre autant de risques pour avancer une vérité, absurde, selon laquelle un ministre se serait noyé dans une flaque d'eau.

“

IL S’EST DONNÉ LA MORT EN SE JETANT À L’EAU APRÈS AVOIR AVALÉ DES BARBITURIQUES.

”

05

L'AFFAIRE GODARD

1999, SAINT-MALO

1er septembre 1999, deux enfants chahutent sur le ponton E du port des Sablons de Saint-Malo, savourent l'insouciance d'une fin d'été avant le retour à l'école et à la réalité. À leurs côtés, le père s'affaire autour du *Nick*, voilier monocoque long de 9 mètres. Ils prennent le large vers midi, voguent sous un temps radieux vers l'ouest, la Bretagne et sa station balnéaire de Perros-Guirec. Le 6 septembre, leur contrat de location arrive à terme et l'employé responsable du Club Croisière Alet s'en ronge les ongles. Il a beau scruter le rivage, pas de *Nick* à l'horizon.

Nick

01

RIEN À L'HORIZON

Ce même jour, au nord de l'île de Batz, passé Perros-Guirec, une annexe à la dérive est repérée. Remorquée puis examinée par la gendarmerie maritime, l'embarcation ne présente aucun choc, ses rames sont déployées, prêtes à l'usage. À l'intérieur, un ciré jaune contient un chéquier, au nom de l'homme aperçu cinq jours plus tôt sur le ponton E du port des Sablons de Saint-Malo : un certain Yves Godard.

Aux premières heures, on ne s'emballe pas, on songe à une disparition classique. Un problème de radio doit empêcher temporairement le plaisancier d'alerter quiconque, à moins qu'il n'ait bifurqué vers une escale imprévue, ou qu'il ne se soit égaré, confondu dans ses cartes. Les gendarmes, en collaboration avec la section de recherche rennaise, s'intéressent malgré tout aux derniers signalements de M. Godard sur la terre ferme. Le 1er septembre, jour J, il est aperçu dans un supermarché de Saint-Malo, poussant un caddie garni de jouets, vivres, produits ménagers, le tout arrosé de deux bouteilles de whisky. Plus tard, l'employé du Club Croisière Alet, qui n'a plus d'ongles au bout des doigts, décrit un client peu loquace, quoi qu'expérimenté. Un navigateur aguerri, à qui on confierait sans crainte le gouvernail, la responsabilité de deux enfants sur les flots. 2 septembre, à 18 heures, des douaniers abordent le voilier loué en pleine baie de Saint-Brieuc, intrigués par sa navigation au moteur. Un vent favorable souffle dans sa direction, pourquoi ne pas déployer la grand-voile ? Hormis l'étrangeté, rien ne cloche à bord et Yves Godard, toujours aussi peu bavard, n'oppose

“LEUR CONTRAT DE LOCATION ARRIVE À TERME ET L’EMPLOYÉ RESPONSABLE DU CLUB CROISIÈRE ALET S’EN RONGE LES ONGLES. IL A BEAU SCRUTER LE RIVAGE, PAS DE *NICK* À L’HORIZON.”

aucune résistance au contrôle des gardes-côtes. Avant de partir, l'un d'eux aperçoit fugacement en cabine une petite fille qui dort, poings serrés. 3 septembre, le *Nick* mouille dans l'anse de Bréhec. Il y stationnera deux journées entières ; depuis le littoral, des témoins ont le temps de remarquer les deux gamins jouer sur le pont du voilier. Enfin, il repart, sème derrière lui son annexe et se volatilise en mer.

02
LARGUER LES AMARRES

Retour chez les Malouins. Sur le parking du port, le véhicule abandonné par la famille n'a pas bougé d'une roue. Le Combi Volkswagen blanc, fouillé de fond en comble, révèle une trousse à pharmacie, contenant ampoules de morphine et compresse, écarlate. Du sang, nettoyé à la va-vite, traîne également sur la moquette… Le procureur n'aime pas ça, ne croit plus à une disparition classique, ouvre une enquête de flagrance et donne le feu vert à la perquisition du domicile des Godard. Cent soixante kilomètres plus loin, à Tilly-sur-Seulles dans le Calvados, des gendarmes appréhendent une grande bâtisse en pierres, ancienne grange réaménagée à proximité d'une rivière. Au rez-de-chaussée, un mot griffonné, posé sur la table à manger, leur tend les bras : « Partis quelques jours pour décompresser. Retour prévu dimanche après-midi. Bisous », signé Yves et son épouse, Marie-France. À l'étage, les choses sérieuses commencent, de longues traînées de sang en arc de cercle décorent un mur du palier, des giclées brusques. Dans la chambre à coucher, une autre tache, profonde, imbibe un matelas retourné. Qu'en dit le voisinage ? Seule Bernadette, habituée à faire la nounou pour les chats, a croisé Yves au volant de son Combi, le matin du 1er septembre, à 8 h 30. Derrière les vitres opacifiées, se dessinaient les silhouettes des deux gamins. Quant à la mère, oui, elle était sur la banquette arrière, lui a adressé un signe de la main. Et puis non, Bernadette hésite au sujet de Mme Godard, sa mémoire lui joue des tours, elle préfère se raviser. Plus affirmée, la police scientifique analyse les échantillons de sang prélevés dans le véhicule et la maison : ils appartiennent à Marie-France et ses enfants, Marius et Camille Godard. Le 13 septembre, une information judiciaire pour homicide volontaire est ouverte : 177 pays se lancent à la recherche d'Yves, grand absent de l'équation.

La veille de l'appareillage, Marie-France s'entretient longuement au téléphone avec sa fille, sans une seule fois évoquer une quelconque escapade.

Le portrait de famille, comme bien souvent dans ce genre d'histoire, transpire en façade la banalité, l'harmonie. Monsieur est un notable de la région, exerce la médecine à Caen, tandis que sa compagne gère le secrétariat du cabinet. Ensemble depuis 1994, ils étaient respectivement engagés au moment de leur rencontre ; le coup de foudre bouleverse les ménages. Cinq ans plus tard, le mariage tient bon mais prend un peu l'eau. L'enquête trahit au fur et à mesure un manque flagrant de communication entre époux, à l'image de cette croisière à bord du *Nick*, tenue secrète par le docteur. Sur son agenda, une foule de rendez-vous bariole la semaine du 30 août. La veille de l'appareillage, Marie-France s'entretient longuement au téléphone avec sa fille, issue de son premier mariage, sans une seule fois évoquer une quelconque escapade. À Saint-Malo, aucun habitant n'a signalé la présence de la mère, ni au supermarché, ni auprès du Club Croisière Alet. On craint le pire, le métier le veut, que sa dépouille ait été transportée incognito dans une housse de voile ou bien débarrassée durant le trajet entre Tilly-sur-Seulles et le port des Sablons. Des fouilles quadrillent les alentours de Caen, les hommes-grenouilles plongent dans les eaux de la Seulles, les gendarmes passent au peigne fin les forêts, les mines de pierres à chaux, les anciennes carrières…

03
MUTINERIE

À défaut du Calvados, c'est la Manche qui recrache les indices suivants. Le 16 septembre 1999, un gilet de sauvetage étiqueté au nom du *Nick* flotte au large de Cherbourg, au beau milieu d'une voie empruntée par les cargos massifs. Une semaine plus tard, c'est un canot de sauvetage du même voilier qui échoue sur une plage anglaise, esquif à moitié gonflé, mais intact. Étrange qu'un naufrage puisse éparpiller l'équipement de la sorte : rappelons que la météo demeurait excellente à l'heure du départ, et bien après. De là à penser que M. Godard ait maquillé une mésaventure en mer afin de camoufler une fuite, il n'y a qu'un nœud. Un rapide coup d'œil à sa situation financière dévoile une quantité impressionnante de dettes, à hauteur de 2 millions de francs, auxquelles s'ajoutent des cotisations sociales impayées et crédits à rembourser.

L'idée qu'un notable, acculé par les huissiers, songe à mettre les voiles pour démarrer une seconde vie, séduit.

Une autre chose coince. Bien que généraliste, le docteur Godard n'est pas insensible aux pratiques parallèles ; il est condamné dans les années 1990 pour « exercice illégal de la pharmacie », on lui reproche également de s'être fait un peu de publicité, d'avoir publié dans un hebdomadaire local sa thèse sur le traitement de la sciatique par acupuncture – le Conseil de l'Ordre des médecins ne l'a pas loupé. À l'arrivée, son activité est suspendue plusieurs mois mais les charges, elles, subsistent. Une injustice, à l'en croire, qu'il combat en rejoignant les rangs de la CDCA, Confédération de défense des commerçants et artisans : un syndicat musclé, anti-système, anti-impôts, anti-fisc, anti-Urssaf, anti-tout. Membre actif, trésorier de la branche du Calvados, Yves Godard est initié à l'art de l'insolvabilité, vide ses comptes, en ouvre d'autres à l'étranger, protège son patrimoine en le plaçant sous le sigle d'une société civile immobilière, inscrit le nom de ses enfants sur les cartes grises de ses véhicules… L'idée qu'un notable, acculé par les huissiers, songe à mettre les voiles pour démarrer une seconde vie, séduit. Un hic toutefois : rien ne justifie d'y inclure Marius et Camille, 4 et 6 ans, et de faire disparaître sa compagne en chemin.

04

SABORDAGE

2 octobre 1999, la gendarmerie de Falaise, dans le Calvados, reçoit une lettre anonyme, rédigée sur un minuscule bout de papier : « Yves Godard est vivant. Il séjourne en mer d'Irlande, sur l'île de Man. Le prendre au sérieux. » Des gendarmes accostent aussitôt en territoire britannique, l'île de Man est réputée pour sa discrétion, son indépendance vis-à-vis du Royaume-Uni, sa fiscalité, donc : destination rêvée quand on souhaite se faire oublier. Sur place, les photos de la famille Godard passent de main en main, enrichissent un appel à témoins lancé par les autorités locales. Un hôtelier y répond, confirme avoir accueilli entre les 7 et 14 septembre un père français et ses deux enfants. Les descriptions physiques correspondent, Yves a pris soin de couper court ses cheveux, de porter lunettes et moustache.

Le 21 octobre, une seconde lettre du corbeau, qui revoit ses tuyaux, parvient à Falaise : « Le docteur est dans l'archipel des Hébrides, à Lewis. Sauvez Marius et Camille. » Les enquêteurs s'adaptent, quittent l'île de

“

L’ÉTAU SE RESSERRE,
LA COURSE-POURSUITE
S’ACCÉLÈRE, ON SE LANGUIT
DE LA CONFRONTATION TANT
ATTENDUE…

”

Man, migrent au nord de l'Écosse. À Lewis, une compagnie fluviale se rappelle avoir vendu un billet à M. Godard. L'étau se resserre, la course-poursuite s'accélère, on se languit de la confrontation tant attendue… et puis non, tout s'écroule. Le juge d'instruction français chargé de l'affaire aurait quelque peu outrepassé les commissions rogatoires internationales, laissant travailler ses hommes en terre écossaise sans la moindre autorisation valable. La faille, décelée par le parquet d'Édimbourg, contraint les gendarmes talonnant leur docteur à faire demi-tour, direction Rennes, penauds. Quant au corbeau, il n'écrit plus ; son ADN a beau être relevé sur un timbre léché, appartenir à une femme âgée d'une soixantaine d'années, elle ne sera jamais formellement identifiée.

05

VAISSEAU FANTÔME

Fin juin 2000, les fonds marins daignent accorder à l'instruction coulée une nouvelle faveur. Dans la baie de Saint-Brieuc, un chalutier trie sa pêche et tombe, empêtré parmi les algues, sur un crâne humain, de petite taille, celui d'un enfant, celui de Camille Godard. La macabre découverte pousse la préfecture maritime de Brest à relancer les recherches, un chasseur de mines sillonne l'échancrure, sonde ses profondeurs, mais l'épave du *Nick* demeure introuvable. Les gendarmes parcourent le monde au moindre signalement, à la moindre intuition. À Madère, paradis fiscal au sud du Portugal, ils déroulent la piste d'un compte appartenant à Yves Godard, inactif depuis des mois, protégé par le secret bancaire. Ils se rendent aussi en Crête, en Afrique du Sud, à Miami ou en Asie, là où on pense l'avoir reconnu, dans un port, un restaurant, dans les rangs d'une association humanitaire. Rien n'y fait, le docteur est un fantôme, partout et nulle part à la fois.

“RIEN N’Y FAIT, LE DOCTEUR EST UN FANTÔME, PARTOUT ET NULLE PART À LA FOIS.”

En 2001, des documents à son nom jonchent ponctuellement une plage des Ébihens, archipel bordant Saint-Malo. Puis ce sont des cartes de crédit qui dépassent du sable, intactes, malgré trois années digérées par la mer. L'endroit résonne avec le passé : enfant, Yves y passait ses étés en compagnie de ses parents. Manifestement, quelqu'un disperse à la nuit tombée ses effets personnels, mais qui ? Le corbeau sexagénaire ? Godard lui-même ? On a beau se planquer sur l'archipel, on n'attrape rien d'autre que le vent. 16 septembre 2006, les courants de la Manche, encore et toujours eux, donnent le tempo, apportent un semblant de conclusion. À 70 kilomètres au nord de Roscoff, un marin-pêcheur remonte un tibia et un fémur. Les os recèlent l'ADN cellulaire d'Yves Godard ; sa mort, impromptue, signe la fin de l'action publique.

06

TRÉSOR EN VUE

Alors, fin de l'histoire ? Pas tout à fait. Les vestiges du *Nick* n'ont jamais été détectés, et sur les quatre membres de la famille Godard, la mère et le fils demeurent introuvables. Début 2007, le maire de Lingèvres, petite commune voisine de Tilly-sur-Seulles, reçoit une lettre anonyme. Son auteur, peut-être notre vieux corbeau déplumé, prétend que le cadavre de Marie-France Godard serait enterré quelque part dans le cimetière du village. À la missive, il joint un plan détaillé du lieu. En creusant à l'endroit désigné, les pelles butent contre des ossements à 40 centimètres de profondeur. L'espoir renaît un temps, puis laisse place à une amère déception ; les vestiges humains appartiennent à quelqu'un d'autre. On apprendra que la fausse piste a été soufflée par un radiesthésiste du coin, désireux de la jouer en solitaire, déambulant à travers champs un pendule à la main, une photo de la victime disparue dans l'autre. Il s'est égaré dans la nuit, a fini dans les allées du cimetière communal, et y a vu un signe.

En 2011, le grand reporter Éric Lemasson écrit un livre intitulé *L'Assassinat du docteur Godard*. Le titre intrigue, le journaliste s'explique ; selon lui, deux affaires sont à distinguer : l'une relève du drame familial sanglant et inexplicable survenu en septembre 1999 au domicile des Godard. L'autre concernerait les agissements du père de famille au sein de la CDCA et le potentiel assassinat qui en découle. Comme la plupart des adhérents, Yves aurait profité d'un système de placements, géré par une organisation, tendance mafieuse, agissant dans l'ombre du syndicat.

Il se dessine une belle cible rouge sur le front.

La manœuvre engrange 3 millions de francs, un joli magot que personne ne souhaite réellement céder. Se voyant refuser la restitution de ses économies, Godard s'improvise maître-chanteur, menace de dévoiler la magouille au grand jour ; en d'autres termes, il se dessine une belle cible rouge sur le front. Éric Lemasson corrobore l'hypothèse en évoquant le cas irrésolu de Christian Poucet, ex-leader de la CDCA, froidement tué dans les bureaux de sa société en 2001 par deux individus cagoulés. Avant lui, l'un de ses associés avait déjà connu un sort funeste, emporté par un prétendu accident d'avion aux circonstances discutables. Le grand reporter s'appuie enfin sur les révélations d'un homme, réfugié en Amérique latine, entendu par la police française en 2004. Impliqué dans la fameuse organisation mafieuse de mèche avec le syndicat, il aurait cédé des renseignements sur la mort de Christian Poucet, arguant que ses assassins se seraient également occupés, selon ses mots, « d'un médecin et de ses deux enfants ». En 2009 seulement, le témoignage s'échappe du dossier Poucet pour rejoindre celui du docteur Godard et, à ce jour, la connexion n'a donné aucune suite tangible.

Treize ans d'enquête et cinq magistrats différents ne seront pas venus à bout d'un des plus grands mystères criminels de notre beau pays et de son littoral. Aujourd'hui, l'hypothèse d'un suicide collectif, dissimulé derrière un naufrage, prévaut à n'importe quelle autre. Le père d'Yves Godard, psychiatre de profession, fut autrefois auditionné et avait jugé son fils capable d'accomplir une telle folie, le décrivant volontiers comme un fin calculateur, extrêmement intelligent. Il aurait même planifié le sabordage afin qu'il survienne au-dessus de la fosse des Casquets, un bas-fond de la Manche où l'on noie allègrement munitions de la Seconde Guerre mondiale, déchets toxiques et, pourquoi pas, épave de voilier monocoque… Lasse de toutes ces possibilités, fécondes mais infructueuses, la justice prononce un non-lieu en 2012. Officiellement close, l'instruction pourrait toutefois faire l'objet d'une réouverture, à condition que tout nouvel élément soit reçu avant 2032 ; de quoi laisser du temps à la Manche pour livrer quelques-uns de ses derniers secrets.

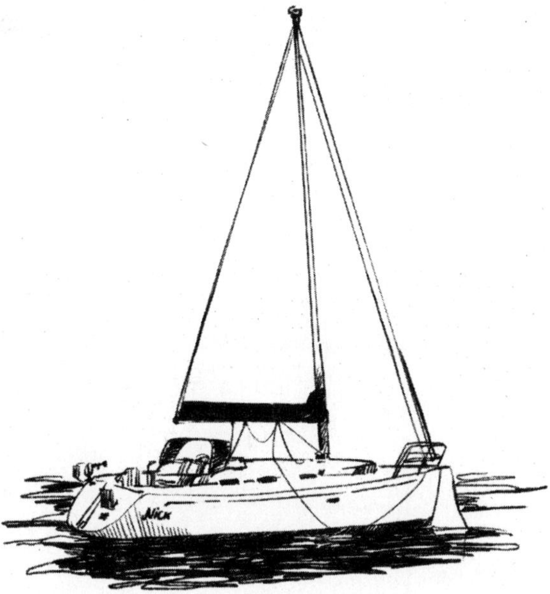

06

JEAN-LUC CAYEZ, LE CONCIERGE ASSASSIN

2005, RÉGION PARISIENNE

C'est une affaire qui se joue à huis clos ; rien ne sortira des murs de la Gerville, charmante résidence de trois immeubles, quatre étages chacun, pavillons cossus des années 1970 bordant l'allée des Marronniers à Soisy-sur-Seine, dans l'Essonne. C'est tout le mystère ; mardi 13 septembre 2005, l'une de ses locataires, Audrey Jouannet, 24 ans, rentre de vacances du Brésil, pose ses valises dans son appartement du deuxième étage, trop éreintée pour les défaire, claque la porte derrière elle, coup de clé, entrebâilleur.
La nuit passe, Audrey disparaît avant l'aube.

01
CACHE-CACHE

Le lendemain, le 14 septembre 2005, des amies attendent Audrey en ville. Elle ne s'y présente pas, ne leur donne aucune nouvelle. Elles poussent jusqu'au pied de son immeuble, martèlent l'interphone, en vain. L'inquiétude les gagne, elles contactent une proche de la famille Jouannet, Marie-Claude, autre résidente de la Gerville. Elle réagit au quart de tour, sollicite l'assistance de deux policiers municipaux. Sur le palier, ils sonnent, l'appellent, toquent chez la voisine, censée conserver un double. Perdu. La vieille dame ne retrouve dans ses tiroirs que la clé de voiture d'Audrey; une Peugeot 206 qui n'a pas bougé depuis le 13 septembre, garée à sa place, sur le parking. L'attroupement s'agrandit, le concierge s'en mêle. Lui, suggère de scotcher un mot sur la porte de l'appartement. Il le griffonne lui-même : « Mlle Jouannet, Joindre la police municipale à votre retour, inquiétude des proches. Signé : M. Cayez. » Quarante-huit heures plus tard, Audrey n'a toujours pas refait surface, personne n'ose prévenir sa mère.

Personne sauf le concierge, investi celui-là. Il la contacte par téléphone, choisit ses mots, relativise, mais Marie-Antonia Jouannet s'emballe. Elle arrête tout, engloutit les 100 kilomètres qui la séparent de Soisy-sur-Seine, en 45 minutes chrono. Elle possède un double des clés, vivait autrefois avec sa fille avant de lui laisser l'appartement pour déménager avec son nouveau compagnon. À l'intérieur, pas un signe de vie. Les rideaux sont tirés, une odeur de tabac froid embaume le salon. Les valises revenues du Brésil sont encore pleines, des couverts et assiettes traînent sur la table basse, légèrement de travers, un ordinateur portable sur secteur, en veille, repose lui sur le canapé. Rien dans les chambres non plus. Du côté de la banque, on ne signale aucune transaction depuis trois jours. À la gendarmerie, éternel refrain : « Madame, votre fille est majeure, elle fait bien ce qu'elle veut. Laissez passer le week-end, revenez lundi si vous n'avez pas de nouvelles. »

Ses doigts entrent en contact avec autre chose, une matière glacée, rigide.

Hors de question de s'éloigner. Marie-Antonia établit ses quartiers à la Gerville, rapatrie au passage son compagnon, Bernard. À eux deux, ils ratissent l'appartement d'Audrey, des heures durant. À quatre pattes dans la chambre, la mère passe à l'aveugle le bras sous le lit, là où sa fille a coutume d'entasser son débarras. Elle écarte une boîte à chaussures, effleure brièvement une sorte de particule, douce, semblable à un mouton de poussière. Elle ne s'y attarde pas, change de cap, épuise son répertoire téléphonique à la recherche des connaissances d'Audrey. La nuit tombe et, exténué, le couple consent à se reposer. Vers 2 heures du matin, Marie-Antonia se tourne et se retourne, incapable de fermer l'œil. Elle repense à cette texture soyeuse, sous le lit, comme des filaments, comme une mèche de cheveux. Sursaut. La mère Jouannet se rue dans la chambre, se contorsionne et repasse sa main. Ses doigts entrent en contact avec autre chose, une matière glacée, rigide. Elle s'allonge une fois pour toutes, et tombe nez à nez avec le corps inerte de sa fille.

02
SYMPATHIQUE CONCIERGE

Durant une fraction de seconde, terrible, Marie-Antonia ne réalise pas. Elle interpelle Audrey, lui demande ce qu'elle fait, cachée là-dessous. Et puis, le déclic. Ses hurlements réveillent Bernard, il accourt, comprend à son tour, appelle les gendarmes. La brigade locale procède aux premières constatations puis laisse la place à la Section de recherches de Paris, dirigée par le capitaine Marc Mazert. Le corps d'Audrey, dénudé, est couvert d'hématomes, de plaies. Le cou présente des traces de strangulation, les poignets et avant-bras semblent avoir été enserrés par des liens. Arrivent maintenant les experts du TIC, les Techniciens en Identification Criminelle, qui traquent le moindre élément biologique étranger : des fibres, des poils, des cheveux qui n'appartiendraient pas à la victime. Chou blanc. Ils ne relèvent ni ADN, ni empreinte, se consolent en plaçant sous scellés quelques vêtements, un ticket de caisse maculé de sang, des mégots écrasés dans le cendrier. Pas de signe d'effraction, pas de trace de lutte : le meurtrier a pu escalader les deux étages par la façade, à moins qu'Audrey, le connaissant, lui ait simplement ouvert sa porte.

À la réflexion, ça ne tient pas non plus. Au soir du mardi 13 septembre, elle invitait une amie à dîner, et cette dernière ne s'est pas attardée. Les deux n'ont pas veillé, Audrey voulait se coucher tôt, être en forme pour un rendez-vous le lendemain matin. Il est peu probable qu'elle ait reçu une autre visite dans la soirée. Du reste, ses proches ne lui connaissaient pas d'histoire, pas d'ennemi, rien. Alors le capitaine Mazert et ses hommes parcourent les immeubles de la résidence, à la rencontre des locataires. Tous ont vu grandir Audrey à la Gerville, dressent le portrait d'une jeune femme souriante, étudiante curieuse, voisine courtoise. Seul un témoin,

“

DÉCIDÉMENT TRÈS INVESTI,
CE GARDIEN D’IMMEUBLE.
PEUT-ÊTRE TROP.

”

M. Bourroux, du rez-de-chaussée, a été réveillé durant la nuit du 13 au 14 septembre par des cris, vers 4 heures du matin. Il enfile un pantalon, sort faire un tour, dresse l'oreille. Depuis le parking, il aperçoit les fenêtres de l'appartement d'Audrey Jouannet, illuminées par un halogène. Sitôt, graduellement, la lumière se tamise. Du reste, il n'a rien remarqué d'anormal, n'a pas prévenu les gendarmes, de peur de les importuner – les pauvres. Au petit matin, il en glisse un mot au concierge, qui sonde les habitants mais ne trouve pas d'écho.

Son omniprésence agacerait presque, jusqu'à ce qu'il décide de s'ouvrir.

Décidément très investi, ce gardien d'immeuble. Peut-être trop. Il suffit que les enquêteurs aient le malheur de passer devant sa loge et le voilà dans leurs pattes, à poser des questions, à faciliter des accès, à déplacer des voitures au besoin. Son omniprésence agacerait presque, jusqu'à ce qu'il décide de s'ouvrir. Prenant à part le capitaine Mazert, il lui déclare solennellement : « Je ne suis pas blanc-bleu. » Comprenez que l'homme a un casier judiciaire, deux condamnations pour viol dans les années 1980 puis 1990. Que les gendarmes se rassurent, il a suivi un traitement médicamenteux, une castration chimique, la libido, c'est terminé. Seulement, le concierge a pris peur, il ne voulait pas nourrir de soupçon avec son passif, préfère prendre les devants, jouer cartes sur table. Louable intention, à la différence près que les enquêteurs ne recherchaient pas vraiment un violeur, plutôt un meurtrier. À ce stade, tout le monde ignore qu'Audrey Jouannet a subi des sévices sexuels. Cela viendra. L'autopsie est en cours.

En attendant, on jette un œil aux antécédents du concierge : Jean-Luc Cayez, né en 1957 à Morsang-sur-Orge, 48 ans, ancien légionnaire. Sa première affaire remonte à février 1983, il avait 25 ans, vivait à Grigny, déjà dans l'Essonne. Un soir, à la suite d'une violente dispute avec sa compagne, il erre dans la rue, croise une passante qu'il braque avec un couteau. Il lui prend ses bijoux, l'emmène dans un sous-bois et la viole. Par la suite, Cayez change de ton, raccompagne sa victime chez elle, prend soin de lui donner son prénom et son adresse. On ne s'étonne pas qu'au petit matin, il soit interpellé. Cayez reconnaît docilement les faits ; octobre 1984, il écope de sept ans de prison devant les assises d'Évry. À l'époque, les psychiatres voient en lui un individu dangereux, tendance psychopathe. Il est tout de même libéré au bout de cinq ans, rejoint Christiane, mère de cinq enfants, épousée lors de sa période de détention et, très vite, ça recommence. En 1988, il agresse deux campeurs, les dépouille et repart pour six mois de réclusion. Christiane l'attend toujours, patiente, pas rancunière visiblement, et la famille part vivre dans le Sud, à Lunel, dans l'Hérault ; ne comptez pas sur le climat pour apaiser ses mœurs. Le 30 juin 1990, Stéphanie, 19 ans, se voit offrir par son voisin, Jean-Luc Cayez donc, une mousse au chocolat, bourrée de somnifères. Elle l'engloutit, perd connaissance et se réveille attachée à une chaise, devant lui. Il la frappe, la viole, la force de nouveau à ingurgiter des tranquillisants et regagne son appartement, tranquille. La police n'a aucun mal à l'appréhender, bien que cette fois-ci, il oppose plus de résistance, nie avoir prémédité son geste et drogué Stéphanie. À son domicile perquisitionné, les enquêteurs retrouvent les médicaments, les cordes, la totale. La récidive ne pardonne pas ; Jean-Luc Cayez passe devant les assises de Montpellier en janvier 1991, qui le condamnent à 20 ans de réclusion criminelle. Il n'en fait que 12, revoit le jour en 2002. Un an plus tard, de retour en région parisienne, il décroche à Soisy-sur-Seine un job de gardien d'immeuble.

Sur son palier, elle surprend Cayez devant la porte, glisser dans la serrure un double des clés. Grillé.

À la Gerville, les locataires ne savent rien de son passé trouble. À son sujet, les avis divergent. Les retraités l'apprécient, bourru mais dévoué, toujours prêt à rendre service, à garder les clés ou nourrir le

“NUL N’A VU CE JOUR-LÀ L’INTÉRIEUR DE SA LOGE.”

chat en cas d'absence. Les jeunes sont plus mitigés, mauvais a priori, sans doute impressionnés par sa carrure, les tatouages qui courent sur ses bras. Deux faits rapportés aux enquêteurs tendent à aggraver son cas. Un an auparavant, dans un autre immeuble de la résidence, une jeune femme part en vacances avec sa famille. À peine le pâté de maison franchi, elle réalise avoir oublié quelque chose, saute de la voiture. Sur son palier, elle surprend Cayez devant la porte, glisser dans la serrure un double des clés. Grillé. Il bredouille une excuse, rend le trousseau et décampe. Aucune poursuite malgré le dépôt d'une plainte : il avait nié, les preuves avaient manqué. Enfin, durant toute la journée du mercredi 14 septembre 2005, soit le lendemain du dernier signalement d'Audrey Jouannet, son absence s'était fait remarquer. Cayez n'a pas quitté son logement, fermé à double tour et ce, malgré l'insistance des locataires, leurs coups de téléphone. En fin de journée, la sirène des pompiers réussit à le débusquer de sa tanière. Il prétexte de brusques poussées de fièvre, un microbe qu'il traîne depuis la légion, tenace. Il signe une décharge, refuse d'aller à l'hôpital, congédie son monde et s'isole derechef. Nul n'a vu ce jour-là l'intérieur de sa loge.

03

FAÇON *NCIS*

18 septembre, l'autopsie donne ses premiers résultats, confirme une mort par strangulation à l'aide d'une corde ou d'un lien, note la présence de sperme dans la bouche et le sexe d'Audrey Jouannet; assez pour y prélever de l'ADN. Le capitaine Mazert, qui tourne depuis quelques jours autour de Jean-Luc Cayez, ne se fait plus prier. À 9 heures du matin, le 20 septembre, son équipe lui propose un prélèvement buccal, procédure

que le concierge a le droit de refuser, qu'il accepte quand même, sans broncher. En garde à vue, à la brigade, la partie commence. Les enquêteurs ont 24 heures, renouvelables une fois, afin d'obtenir quelque chose de leur client. Débuts laborieux. Cayez nie en bloc, préfère parler de lui. Les gendarmes l'écoutent, jouent la montre, savent que les analyses du laboratoire peuvent tomber à tout moment. Ils le laissent donc revenir sur son enfance : « Je n'ai jamais aimé l'école. À 14 ans, je me suis mis à faire des petits boulots et de l'apprentissage. Après, j'ai commencé à faire des conneries, je commettais des petits larcins, ce genre de choses. Puis un jour, à 17 ans, j'ai été arrêté par les gendarmes sur une mobylette volée en compagnie d'un copain. Là, on m'a mis le marché en main et on m'a dit : "Tu t'engages dans la Légion ou tu vas en taule." J'ai donc logiquement choisi de m'engager dans la Légion. » Le corps d'armée ne lui convient pas non plus, trop sportif, trop disciplinaire. Il déserte, deux fois, passe des mois en détention. Étrange parcours, l'homme passe plus de temps derrière les barreaux qu'à l'air libre. Aujourd'hui, on ne lui connaît aucune liaison, amoureuse ou amicale, il a perdu contact avec sa famille, avec Christiane…

L'interrogatoire change de ton ; finie la nostalgie, place aux contradictions.

Oui, c'est misérable, c'est bien triste, mais les enquêteurs n'écoutent plus vraiment; ils viennent de recevoir un appel du laboratoire : c'est négatif, l'ADN ne matche pas, le sperme recueilli n'est pas celui de Cayez. Réunion de crise. Aurait-il agi avec un complice? S'est-il contenté de faire le rabatteur? Mazert n'a plus le loisir de se perdre en conjectures, la garde à vue dure depuis 36 heures, le procureur va exiger sa libération. L'interrogatoire change de ton; finie la nostalgie, place aux contradictions. L'excuse de la castration chimique revient sur la table, on lui fait remarquer que le traitement est réversible. Si tant est qu'il ne prend plus ses médicaments, rien n'empêche sa libido de repartir en flèche, si? D'autre part pourquoi, lui qui s'impliquait tant dans l'enquête, n'a-t-il pas évoqué dès le début le témoignage de M. Bourroux, le locataire du rez-de-chaussée, réveillé en pleine nuit par des cris ? Et cette vilaine grippe, attrapée comme par hasard le lendemain des faits ? Que cachait-il dans sa loge ? Acculé, Cayez perd le contrôle. Un détail le trahit : jusqu'ici, il parlait de la victime en l'appelant « Mlle Jouannet ». Au détour d'une phrase, il la prénomme simplement « Audrey ». Ah, ils se connaissaient donc, ils étaient proches. Mazert appuie, insiste, et son détenu craque : oui, c'était lui. Oui, il va tout raconter.

Retour à la nuit du 13 au 14 septembre, entre 3 h 30 et 4 heures du matin. Audrey Jouannet dormait déjà ou cherchait encore le sommeil, égarée par son *jet-lag*. Elle entend en tout cas un étrange bruit, le cliquetis d'une clé dans une serrure. La porte de son appartement s'entrouvre, retenue *in extremis* par la chaîne. Un chuchotement s'échappe de l'embrasure, deux mots : « C'est moi. » Audrey pense peut-être à sa mère, débarquée à l'improviste, à sa voisine, avec le double. Instinctivement, elle ôte le crochet de sécurité. Un violent coup d'épaule ouvre grand l'accès, une masse imposante fond sur elle ; la silhouette d'un homme encagoulé, tenant dans ses mains un fusil à canon scié. Ses hurlements sont étouffés par un bâillon, son corps ligoté, transporté sur le lit. À ce point du récit, Cayez pose une devinette aux enquêteurs : « À quel moment vous croyez que je l'ai tuée ? » Jeu cruel, il faut s'y plier, obtenir les aveux complets. On lui suggère ainsi ce moment précis, 4 heures du matin, une fois qu'il a réussi à s'introduire dans l'appartement, que plus rien ne lui fait obstacle. Grand sourire du Sphinx-concierge. Perdu.

Pourquoi elle ? demandent les gendarmes. Pourquoi pas, leur répond-il : il l'avait croisée un jour dans le hall, elle lui avait plu.

“ UN DERNIER MYSTÈRE : POURQUOI SON ADN NE CORRESPOND PAS À CELUI PRÉLEVÉ PAR L'AUTOPSIE ? ”

Cayez prétend s'être uniquement allongé à côté d'Audrey toute la nuit. À l'aube, à l'heure où les parties communes de la Gerville sont toujours désertes, il l'emmène de force dans sa loge, ôte sa cagoule. Elle reconnaît l'identité de son agresseur; s'il se dévoile ainsi, elle comprend peut-être qu'elle ne survivra pas longtemps. La journée du mercredi s'écoule pourtant, surréaliste. Tandis que les locataires s'inquiètent de l'état de santé de leur concierge, le vilain microbe de la Légion, lui séquestre Audrey à l'abri des regards, porte verrouillée, volets clos. Pourquoi ne s'est-elle pas manifestée, pourquoi n'a-t-elle pas crié? Cayez admettra plus tard l'avoir droguée. En fin d'après-midi, il réalise que la situation ne peut plus durer. Pas question de retourner au trou, pas question de la laisser s'en sortir. Il se saisit d'une corde à sauter et étrangle Audrey Jouannet. Il attend ensuite que la résidence s'endorme, remonte le corps dans l'appartement, le lave afin d'effacer la moindre de ses traces et le cache sous le lit. Pourquoi elle? demandent les gendarmes. Pourquoi pas, leur répond-il : il l'avait croisée un jour dans le hall, elle lui avait plu.

Un dernier mystère : pourquoi son ADN ne correspond pas à celui prélevé par l'autopsie? Cayez révèle sa pièce maîtresse, avoue avoir piqué l'idée dans un épisode de *NCIS*. Deux semaines avant la mort d'Audrey Jouannet, il récupère dans une poubelle de la résidence un préservatif usagé. Il ne fouillait pas au hasard, avait repéré une autre locataire, accueillant souvent un homme chez elle, et comptait sur leurs entrevues pour se servir. Il prélève le sperme à l'aide d'une seringue, la conserve au congélateur; il ne restait qu'à injecter la semence dans le corps de sa victime, fausse piste idéale. Dans la salle de bains de sa loge, les gendarmes retrouveront un second préservatif dans une gaine de ventilation. Il comptait récidiver.

04

« DEMANDEZ AUX PSYCHIATRES »

22 septembre, au terme de l'effroyable garde à vue, Jean-Luc Cayez est déféré devant le juge d'instruction, qui le met en examen pour séquestration, viol, meurtre, acte de torture et de barbarie. Il signe volontiers certains actes d'accusation, en réfute d'autres, les actes de torture et barbarie à l'égard d'Audrey Jouannet par exemple. Ce à quoi la loi lui rappelle que laver, raser le corps inanimé d'un individu revient à nier sa qualité de personne humaine. Il refuse également d'admettre avoir frappé sa victime, malgré les hématomes, les plaies, estime qu'elle a pu se cogner contre un mur, contre une marche tandis qu'il la transportait dans l'escalier. Les experts psychiatres décèlent chez lui un sentiment de toute-puissance, du moins celui qu'il aimerait imposer : comme s'il suffisait d'un claquement de doigts de sa part afin que quiconque lui obéisse, sans devoir en passer par la violence.

Son procès s'ouvre le 14 mai 2008 aux assises d'Évry. Tout ou presque a déjà été dit, alors place au spectacle. À son arrivée dans le box, Jean-Luc Cayez impressionne : ses cheveux blancs ont poussé, sa barbe aussi. On penche la tête pour lire ses tatouages : « Haine », « Mort », « Société tu me dégoûtes », lit-on dans un sens. « Une pensée pour celle que j'aime », « cœur aimé, cœur détesté, cœur brisé, cœur déprimé », déchiffre-t-on de l'autre. Au fil des audiences, il montre deux visages : l'un en colère continue à nier les coups, les sévices physiques, ne s'attarde pas sur les conditions de séquestration dans sa loge. L'autre, apathique, confesse sa culpabilité, accepte la peine maximale, la demande même. Il reproche au système judiciaire de ne pas l'avoir soigné, de l'avoir laissé recommencer, encore et encore. Le président, Jean-Pierre Getti, lui demande pourquoi avoir tué Audrey Jouannet, lui hausse les épaules : « Demandez aux psychiatres. »

Le docteur Serge Bornstein bondit, relate l'enfance de l'accusé, précise son envie d'être le centre de l'attention, d'être vu, coincé. L'avocat de la partie civile approuve : « On sentait qu'il prenait du plaisir pendant l'instruction, comme si l'arrestation, l'enquête, le procès faisaient aussi partie de sa jouissance. » À 10 ans, ses parents divorcent, sa mère quitte la maison, lui et ses cinq frères vivent sous le toit d'un père chauffeur routier, peu présent. À 11 ans, Jean-Luc est hospitalisé à deux pas du nouveau domicile de sa mère qui, en 28 jours, ne viendra pas le voir une fois. À 13 ans, il tire à bout portant dans le menton d'un camarade de classe avec un fusil, on en retient un accident. « J'aurais aimé qu'on me punisse, confesse-t-il aujourd'hui, qu'on me dise que j'allais pas bien, qu'on allait me soigner. » Dès le premier jour d'audience, la mère avait été appelée à prendre la parole. La voyant, âgée et malade, s'avancer à la barre, le fils est entré dans une colère noire, exigeant qu'on la laisse tranquille, qu'on lui épargne de témoigner, a menacé de faire vivre à la Cour un cauchemar – il n'a pas menti sur ce point. La crise est à l'image d'une impulsivité, celle qui, toute sa vie, le force à improviser des passages à l'acte, à aller de plus en plus loin. Au cœur du problème, l'abandon issu d'une mère disparue, un compte à régler avec les femmes. Un profil de tueur en série ? Probablement, conclut le psychiatre. N'avait-il pas déclaré aux enquêteurs, au terme de son premier interrogatoire : « C'est mieux que vous m'arrêtiez maintenant car, malheureusement, j'aurais recommencé » ? Le ministère public n'a pas besoin de pousser davantage. Me Jacques Bourdais, de la Défense, ne cherche pas non plus à contourner la peine maximale, se contente de représenter dignement son client ; Jean-Luc Cayez doit être jugé comme un homme, non comme un monstre. Verdict, ce 16 mai 2008 : réclusion criminelle à perpétuité, période de sûreté de 22 ans. À son énoncé, un tonnerre d'applaudissements gronde. Jean-Luc Cayez ne fera pas appel, juste un doigt d'honneur à l'assemblée.

J'AURAIS AIMÉ QU'ON ME PUNISSE, CONFESSE-T-IL AUJOURD'HUI, QU'ON ME DISE QUE J'ALLAIS PAS BIEN, QU'ON ALLAIT ME SOIGNER.

Marie-Antonia Jouannet, la mère d'Audrey, ne peut pas résister au jeu des « et si ». Et si, lors de sa seconde condamnation en 1991, Cayez avait accompli ses 20 années de détention au lieu des 12 retenues, sa fille serait peut-être encore en vie. Pourquoi n'a-t-il pas bénéficié d'un suivi médical, psychologique, à sa sortie ? Le dispositif n'existait pas à l'époque, la loi relative à la rétention de sûreté ne sera appliquée que bien plus tard, sans rétroactivité. Du reste, il a bénéficié d'un autre jeu, celui des remises de peine : un bon comportement en prison, quelques grâces de plusieurs mois, de la clémence. Il faut continuer à croire au système de réinsertion des détenus, mais aussi accepter une justice qui, parfois, se trompe. Elle se construit, comme n'importe qui, apprend de ses erreurs.